kremayr
scheriau

Lucia Leidenfrost

Wir verlassenen Kinder

Roman

Kremayr & Scheriau

Wir umarmen uns zum Abschied, stecken nach der Umarmung unsere Hände in die Hosentaschen, als würden wir so die Berührung von Mutters Rücken und Vaters Schultern in den Händen behalten können. Wir spüren noch den Druck ihrer Körper auf unserer Brust. Jetzt steigen sie ins Auto, jetzt startet der Motor, jetzt fahren sie los. Mutter winkt aus dem offenen Fenster. Der Schotter spritzt, weil es Vater immer so eilig hat. Wir winken ihnen nach. Jetzt verschwinden die Eltern um die nächste Kurve. Wir stehen trotzdem da und winken noch immer. Jetzt hören wir das Auto schon nicht mehr. Großmutter hat sich umgedreht, geht zurück zum Haus. »Kommt jetzt«, ruft sie von der Haustür. Immer noch stehen wir da: Wir warten darauf, dass das Auto zurückkommt, dass die Eltern umkehren, uns mitnehmen oder sagen: Nein, Kinder, wir bleiben bei euch, ein Leben ohne euch, das schaffen wir nicht! Wir werden uns in die Küche setzen und wie jeden Tag Suppe schlürfen und der Vater wird Gelegenheitsarbeiten annehmen und wir werden glücklich sein. »Nicht nur so ein bisschen wie früher, sondern richtig glücklich. Denn es gibt nichts Schlimmeres«, sagte der Vater vor einem Jahr, »als die eigene Familie hinter sich zu lassen.«

Manche von uns haben die Hoffnung aufgegeben, das spüren wir. Wie sie ihre Schultern hängen lassen, wie sie ihre Füße auf den Boden setzen, wie sie sich nicht mehr nach dem Auto umsehen.

Jetzt ist es sehr ruhig, kein Motorengeräusch, kein Knirschen auf dem Schotter, nicht einmal die Großmutter hantiert in der Küche. Dort, wo die Eltern mit dem Auto um die Kurve gebogen sind, flirrt die Luft.

Der Großvater erschlägt eine Bremse auf seinem Unterschenkel. Das klatscht, dann ist es wieder still. Auch er dreht sich um und geht zum Haus. Wir stehen allein da, sehen noch immer in die Kurve und können es nicht glauben: Unsere Eltern haben nicht einmal versucht, uns zu versprechen, dass sie uns mitnehmen werden.

(Wir)

Wir sind neunzehn Kinder in unserem Dorf. Unser Dorf hat achtundzwanzig Häuser. Sechzehn Häuser sind nicht mehr bewohnt. Obwohl die Schule nie richtig bewohnt war und das Rathaus vielleicht auch nicht zählt. In unserem Dorf gibt es noch Pferde und Kühe. Unsere Großeltern kümmern sich um die Tiere. Wir müssen trotzdem manchmal helfen. Unser Dorf hat eine Kirche, nur keinen Pfarrer. An manchen Sonntagen oder wenn jemand stirbt, kommt einer aus dem Nachbardorf. In den bewohnten Häusern leben wir. Im letzten Haus vor dem Wald lebt der Bürgermeister mit seinen drei Töchtern. Daneben ist Annis Haus. Anni ist schon lange fort. Gegenüber von Annis Haus ist das Haus der Friseurin. Da wohnt noch eine Großmutter und die Friseurstochter. Alle anderen Häuser in dieser Straße sind unbewohnt. Auf dem Dorfplatz leben noch der Fleischhacker und die Grimmeisen. Bei der Grimmeisen kaufen wir Zucker, Öl und Mehl. Das Arzthaus ist zu Juris Haus geworden. Der Arzt war der Erste, der unser Dorf verlassen hat. Wir haben ihn ausgelacht, als er seine Koffer im Auto verstaut und seinen Hut zurechtgeschoben hat. Wir haben oft über den Arzt gelacht. Zu dieser Zeit haben uns die Erwachsenen noch ausgeschimpft, wenn wir über jemanden gespottet haben. Sieben von uns haben eine Großmutter oder einen Großvater oder sogar beides. In unserem Dorf gibt es noch insgesamt zwölf Erwachsene. Aber vielleicht zählen die Alten gar nicht mehr richtig zu den Erwachsenen, dann sind es nur noch drei.

Wir waren einmal echte Kinder. Jetzt stapeln wir Holz in unsere Öfen, suchen nach kleinen Holzstücken und Papier. Wir nehmen das Streichholz zwischen Daumen und Zeigfinger und halten die Zündholzschachtel mit der anderen Hand. Schnell ziehen wir die Streichholzspitze über den braunen Streifen an der Seite der Schachtel. Wir versuchen es so oft, bis es uns gelingt und das Streichholz Feuer fängt. Wir führen es vorsichtig in den Ofen zum Papier. An manchen Tagen drückt dann der Rauch in unsere Küchen. Der Rauch wandert über den Boden und es riecht wie in einer Räucherkammer

Wir stellen Töpfe auf den Ofen. Wir kochen darin Suppen und Kartoffeln. Wir hieven die größten Töpfe darauf, wenn wir Windeln, Hosen und Unterhemden auskochen müssen.

Wir gehen nicht mehr in die Schule, seit der Lehrer fortgegangen ist. Das Schultor ist himmelblau gestrichen. Hinter dem Tor gibt es einen Hof, mitten auf dem Hof steht ein Kastanienbaum. Rund um den Baum haben wir vor Jahren eine Bank aus Holz gebaut. Eine grüne Tür führt in die Klassenzimmer. Wir haben den Boden gewischt, bevor der Lehrer gegangen ist. Damit der Nachfolger in eine ordentliche Schule kommt. Der Lehrer ist schon lange fort. Zuerst haben wir die Nächte gezählt: zwei Nächte, seit wir keine Schule mehr haben, vier Nächte, zehn Nächte. Nach der dreißigsten Nacht sind wir über das Tor geklettert. Wir haben durch die Fenster geschaut. In den Klassenzimmern stehen die Stühle immer noch so auf den Tischen, wie es uns der Lehrer befohlen hat. Die Tafeln sind grün und leer, die Wände sind bunt von unseren Zeichnungen. In der Schule hat es immer ein bisschen gerochen. Nach Linoleumboden, Kreide, nach Büchern und Schweiß. Manchmal war es stickig. Es hat nie nach Zigaretten und warmem Fett gerochen. Wir sind über das himmelblaue Tor wieder aus dem Schulhof geklettert.

Als der Lehrer noch da war, haben wir ihn höflich auf der Straße gegrüßt, wenn wir ihm begegnet sind. Mit unserem Lehrer haben wir nicht nur in der Schule gelernt. Einmal sind wir zum Haus des Bürgermeisters gegangen und durften seine Bienenstöcke ansehen. Die Bewegungen des Bürgermeisters waren langsam, als er die Waben aus dem Bienenstock gehoben und uns gezeigt hat.

Im Sommer vor drei Jahren sind wir mit unserem Lehrer an den Weiher gegangen und haben dort Schwimmen gelernt. Zuerst haben wir nur im Gras geübt. Wie Frösche haben wir unsere Beine bewegt. Das Gras hat uns dabei an den Oberschenkeln gekitzelt. Wir haben einen ganzen Vormittag lang geübt. Am nächsten Tag erst hat uns der Lehrer ins Wasser gelassen. Er hatte mit Schnüren Steine an Benzinkanistern und großen Wasserflaschen befestigt, an denen wir uns festhalten sollten. Dann haben wir die Bewegungen wie der Frosch gemacht und täglich mit ihm geübt, bis die meisten von uns schwimmen konnten. Der Lehrer ist gegangen, noch bevor alle von uns alt genug waren, um auch in die Schule zu gehen.

Er hat uns gelobt, wenn wir sauber in die Schule gekommen sind oder unsere Hausaufgaben gemacht haben. Manchmal hatten wir auch Streit mit ihm.

Einmal haben wir deshalb Teile eines roten Ameisenhaufens unter seine Bettdecke gelegt. Wir hatten den riesigen Haufen am Waldrand entdeckt. Wir haben den Ameisenhaufen mit einer Schaufel aus Metall in Dosen gefüllt. Wir haben darauf geachtet, dass viele Ameisen darunter waren. Am nächsten Tag ist der Lehrer nicht zum Unterricht gekommen, stattdessen hat der Bürgermeister das Klassenzimmer betreten. »Der Lehrer ist in die Stadt gefahren, um etwas Wichtiges zu erledigen«, hat er gesagt. Auf dem Gesicht des Bürgermeisters hat sich ein Schatten ausgebreitet. Mila hat ganz vorne gesessen und sich in diesem Augenblick kleiner gemacht. Er hat uns Bilder von Menschen gezeigt, die mit Säure überschüttet worden sind. Er hat uns angesehen und zuerst noch ruhig gesagt, dass er weiß, was wir mit dem Lehrer gemacht haben. Dann hat uns der Bürgermeister lange angeschrien.

Wir erinnern uns kaum noch daran, dass es richtige Erwachsene in unserem Dorf gab. Juris Mutter zum Beispiel kam einmal, um ihm seine neue Schwester zu bringen. Er hat sie nicht erkannt. Sieben von uns haben noch Großeltern und Mila und ihre Schwestern haben noch einen Vater. Er ist der Bürgermeister.

Wir wollen von den Erwachsenen nicht mehr gestört werden. Wir lassen sie nicht in unsere Häuser. In unseren Häusern wohnen in den Küchen Mäuse. Sie knabbern am alten Brot und knistern mit dem Brotpapier. In der Nacht hören wir ihre kleinen Schritte. Wenn wir sie hören, dann fürchten wir uns nicht. Erwachsene mögen Mäuse nicht. Wir haben ihnen nicht von unseren Mäusen erzählt.

Unsere Väter und Mütter schicken Geld und Pakete. Sie haben woanders wieder Arbeit gefunden. Seither bauen unsere Großeltern hier und da noch ein neues Fenster in ein Haus ein, weil es so zieht, oder einen neuen Trakt an, für die, die wieder zurückkommen sollen. Unverputzt stehen die Ziegelmauern da, manche nur so hoch wie die Kleinsten unter uns, und warten auf bessere Zeiten und darauf, dass sie jemand von innen heizt.

Außer dem Lehrer sind noch gegangen: der dünne Bäcker mit seiner Frau, in deren Hof wir uns immer geschlichen haben. Wir haben gewettet, wer es diesmal schafft, unbemerkt Rosinen und Teig zu stehlen. Mit den Rosinen und dem Teig sind wir auf Bäume geklettert und wenn die Bäckersfrau uns erwischt hat, haben wir damit nach ihr geworfen. Es ist außerdem schon fort: unsere Friseurin mit den großen Ohrringen, die nicht darauf geachtet hat, wie sie uns an den Haaren gezogen hat, wenn sie uns gekämmt hat. Einmal hat einer von uns nach den Ohrringen gegriffen. Sie ist rechtzeitig zurückgewichen. Die Friseurin hat als Einzige ihr Kind mitgenommen. Sie hat es später wieder zurückgeschickt. Es steht meistens in einer Ecke, ist scheu geworden in der Fremde und schaut uns nur mehr beim Spielen zu.

Der Automechaniker mit seinem Schnauzbart ist auch nicht mehr hier. In seiner Werkstatt hat es nach Öl gerochen und wir durften ihm die Werkzeuge unter die Autos reichen. Knapp waren seine Ansagen und seine Hände schmutzig. Wir sind stundenlang bei ihm geblieben, haben uns in die kaputten Wagen gesetzt und die Kupplung durchgedrückt, als wäre sie das Gaspedal.

Geblieben sind: der Pfarrer aus dem Nachbardorf, der an manchen Sonntagen von Sünde und Vergebung predigt, der Bürgermeister, der im Rathaus sitzt, aufschreibt, wenn jemand geht oder stirbt und uns mit den Eltern telefonieren lässt, der Schmied, der noch immer mit einem Pferd arbeitet, der runzlig geworden ist in seiner verrußten Werkstatt. Schon seit Jahren macht er nichts anderes mehr, als die Hufe der Pferde zu beschlagen, damit unsere Großeltern mit ihnen pflügen und einmal im Jahr in die Stadt fahren können. Außerdem sind noch hier: der Fleischhacker, der nur noch darauf wartet, dass endlich auch die letzten Gäule bei ihm abgegeben werden, wir ihm unsere letzten Kühe bringen, bis er alles geschlachtet hat, was sich zu schlachten lohnt. Er steht noch jeden Tag hinter dem Tresen. Die Messer sind scharf, die neben seiner Vitrine liegen. Die Vitrine ist meistens leer und seine Schürze haben wir noch nie blutverschmiert gesehen. Manche von uns glauben sich noch daran zu erinnern, dass er ihnen immer Wurst zu kosten gegeben hat. Die Wurst war grob und würzig, die Hände danach fettig.

Wenn man überleben möchte, sagt der Schmied immer, dann muss man erfinderisch sein. Er sagt auch, dass früher andere Regeln gegolten haben und es früher besser war. Früher, sagt der Schmied, da gab es noch eine Struktur über den Tag und Respekt vor den Alten. Wir mögen den Schmied nicht besonders. Wenn wir über die Straße wollen, wenn wir fangen spielen oder wenn wir jemandem hinterherjagen, dann ist es immer der Schmied, der sich uns in den Weg stellt. Wir bremsen ab, wir bleiben stehen. Wir hören uns seine Vorstellung von der Welt an. Der Schmied kennt keine Angst, auch nicht vor uns und unseren Füßen. Wir laufen so schnell, dass wir ihn einmal zertrampeln. Wir laufen so sicher, dass wir ihn umhauen.

Wir haben uns den Schmied trotzdem zum Vorbild genommen. Es sieht heldenhaft aus, wie er in seiner Werkstatt vor dem Feuer steht und das glühende Eisen mit einer Zange herausnimmt. Er hat seine Regeln. Wir haben auch unsere Regeln. Mit unseren Regeln streichen wir durchs Dorf. Wir wissen, wie wir uns zu benehmen haben. Seit wir unsere Regeln haben, ist vieles leichter geworden in unserem Dorf. Wenn wir streiten, wissen wir, was wir tun. Wir vermeiden es zu streiten. Manchmal passiert es uns doch.

Wir bauen uns auf. Wir verschränken die Arme vor unserer Brust, wir schauen auf die Kleine herab. Sie liegt auf dem Boden. Wir stellen unsere Füße auf ihren Körper. Wir achten dabei darauf, unser Gewicht nicht auf den Fuß zu verlagern, der auf ihr steht. Wir werden es nicht dulden, wenn unsere Regeln missachtet werden. Wir haben beschlossen, dass den Älteren nicht widersprochen wird. Wenn wir uns nicht an unsere Regeln halten, werden wir im Chaos untergehen, wissen die Großen. Wir glauben ihnen.

Sie haben schon Flaum auf dem Kinn und Haare unter den Achseln. Wir werden niemanden schlagen, haben wir versprochen. Die kleinen Kinder dürfen nicht kratzen und beißen und tun sie es doch, befehlen wir ihnen, was sie zu machen haben. »Iss!«, sagen wir deshalb zu ihr und sie wird essen. Wir nehmen unsere Füße von ihr. Die Nacktschnecke legen wir ihr auf die Zunge. Es würgt uns, als wir beobachten, wie sie anfängt zu kauen. Jetzt drückt es uns in der Kehle. Gleich wird einer von uns sich übergeben, obwohl sie die Schnecke kaut, obwohl wir ihr nur dabei zusehen. Einer von uns wird hier sicher gleich seinen Mittagseintopf vermengt mit Magen- und Gallensaft auf den Boden spucken und Fäden werden ihm aus dem Mund hängen. Sie kaut die Nacktschnecke so lange, als wäre es wirklich gut, was sie da im Mund hat. Jetzt schluckt sie und jetzt lächelt sie uns überlegen an. »Schmeckt gut«, sagt sie, steht auf und geht Richtung Dorfplatz. Wir sehen auf den Schotter, wir erkennen noch die Steine, die ihren Körper umgeben haben. Auch wir gehen weg, verlieren uns in den schmalen Gassen und Mila bleibt allein zurück, schaut auf die trockene Stelle und ihre Beine werden dabei zittrig.

(Mila)

Milas Beine zittern. Über ihr fliegen blecherne Vögel. Vor ihr verschwimmt die Straße und wird zu einem Fluss, der sie mitreißt, weil sie die Schnecke nicht isst. Die Füße der Kinder stehen auf ihrem Körper. Sie soll ihren Mund öffnen, ihre Zunge herausstrecken. Mila wehrt sich und das Wasser treibt sie zum Glück von den anderen fort. Und plötzlich merkt Mila, wie warm das Wasser ist und wie sanft es sie Richtung Wald trägt. Wie das Wasser es nicht zulässt, dass sie jemand einholt. Milas Beine machen mit, stoßen sich im Wasser ab. Hinter einer Hauswand duckt sie sich weg, entkommt den Blicken der anderen, entwischt den Rufen der Schwestern. Ihre Beine erreichen die Wiese. Dahinter ist der Wald. Im Wald wiegen sich die Bäume sanft im Wind. Im Wald kann man sich verstecken, in Deckung gehen, man ist geschützt vor den fragenden Blicken der Schwestern, vor den Bestrafungen der Älteren. Im Wald ist der Boden weich und nicht hart wie der Schotter auf der Straße. Im Wald riecht es nach warmen Nadeln und der Waldboden auf den Wegen ist diesen Sommer aufgesprungen wie Milas Haut an den Händen vom Arbeiten oder vom Winter. Mila setzt sich auf den Waldboden. Sie lehnt sich gegen einen Baum und schaut in seine Krone. Durch die Äste und Blätter sieht sie den hellgrauen Himmel. Jetzt erst fällt ihr auf, wie die Bäume um sie herum größer geworden sind. Hier ist der Nieselregen noch immer nicht bis auf den Boden gelangt. Mila versteht nicht alle Regeln, die es im Dorf gibt. Sie versteht die Regeln des Vaters nicht und die neuen

Regeln der anderen Kinder nicht. Vaters Regeln sind Stillsein und Bravsein. Mila und ihre Schwestern können das nicht immer. Mila darf dem Vater nicht widersprechen, die Schwestern dürfen keine neuen Wörter benutzen, die sie im Dorf hören.

Heute fühlt sich der Boden unter ihr so anders an. Er ist viel härter und die Luft ist plötzlich so geruchschwanger, dass es ihr fast den Atem nimmt. Noch immer zittern Milas Beine, sodass sie nicht aufstehen und weglaufen kann. Nicht einmal vor den Käfern, die sich um sie herum scharen, die über den Stamm zu ihrem Kopf laufen, die schon fast ihre Beine erreicht haben.

»Mila«, flüstert der ganze Wald, »du gehörst zu mir, du kannst hier nicht mehr fort.« Mila will nicht wie der Vater werden. »Mila«, flüstert der Wald wieder, »du gehörst zu mir«, und während er ihr eintrichtert, dass sie nicht fortkann, dass es kein Entkommen gibt, schreit jemand. Mila schafft es, springt auf und läuft los. Sie spürt Kraft in sich, die sie doch fortbringt, aus dem Wald heraus auf die nasse Wiese. Sie streckt ihr Gesicht dem Himmel entgegen, der Nässe. Langsam geht Mila nach Hause zu ihren Schwestern, der Katze, der Kuh und dem Vater mit seiner Spinne, und mit jedem Schritt, den sie Richtung Haus macht, schwindet der Schrecken und seine Energie.

Vaters Spinne lebt schon lange unbemerkt auf seinem Rücken. Eines Tages hat sie sich dort eingenistet, baut seither keine Netze mehr, sondern ernährt sich von den Stimmungen des Vaters. Sie frisst seine guten Stimmungen, kommt hervor, wenn Vaters Laune schlecht wird. Die Spinne greift mit ihren Beinen nach seinen Augen, in seinen Mund, steckt sie ihm in die Ohren. Deshalb ist er selten in einer guten Art still. Alle guten Gefühle hat er an die Spinne abzugeben.

Mila und ihre Schwestern lieben den Vater, sie beten ihn an, sie weichen ihm aus, laufen vor ihm davon, schleichen sich in die Räume, in denen er sich aufhält. Sie reden mit gedämpfter Stimme. Sie sprechen nie direkt mit dem Vater, schauen ihm nicht in die Augen und vor allem sprechen sie nie über den Vater. Noch nie hat Mila oder eine ihrer Schwestern ein gutes oder schlechtes Wort über den Vater verloren. Überall hat er seine Ohren. Man kann sich nicht sicher sein, was er hört und wie er es versteht.

Milas Vater ist der oberste Mann im Dorf. Er hat noch Arbeit. In seinem Büro steht ein Telefon. Wenn die Kinder aus dem Dorf mit ihren Eltern telefonieren wollen, müssen sie ins Rathaus zum Vater gehen. Dort verwaltet er den Familienkontakt. Der Vater telefoniert auch mit der Stadt und fragt nach, wann sie einen neuen Lehrer schicken. Er berichtet, wie viele Leute abgewandert sind. Wenn er mit der Stadt telefoniert, ist seine Stimme nicht laut und sicher, sondern dünn und leise. Er wählt seine Formulierungen bedacht. Manchmal denkt er so lange nach, dass die Stadt schon wieder aufgelegt hat, bevor Milas Vater etwas gesagt hat.

Milas Vater ist vierzig Jahre alt, vielleicht jünger, vielleicht älter. Er ist jedenfalls im besten Alter, sagen die Großmütter und Großväter, deshalb haben sie ihn zum Bürgermeister gemacht. Der Vater bekommt zwar ganz wenig Lohn für seine Arbeit, er macht trotzdem alles, was er kann. Erst gestern hat er irgendwoher Schutt und Erde bekommen. Mit einem Pferdewagen und dem Fleischhacker ist er durch die Straßen gezogen und hat Schutt und Erde in die Schlaglöcher geleert. Oben vor dem Rathaus haben sie begonnen. Das Pferd war langsam, der Fleischhacker stützte seine Hände über Kreuz auf die Schaufel, der Vater wischte sich den Schweiß aus dem Gesicht. Schutt und Erde haben nicht bis zu Milas Haus gereicht, es sind viel zu viele Löcher in den Straßen.

Wenn der Vater wütend wird, breitet sich der Schatten der Spinne in seinem Gesicht aus, zuerst auf der Stirn, dann über den Augen, auf der Nase, dem Mund. Der ganze Vater wird dann dunkler.

Mila kennt die Spinne schon. Sie sieht sie, wenn der Vater wütend wird, sie weiß schon, wenn sie wieder ihre Beine auch nach ihr ausstreckt, ihre Augen sie fixieren. Mila nimmt dann die kleine Schwester auf den Arm und die andere Schwester an der Hand. Sie gehen vor die Tür. Dort warten sie, bis der Vater genug Teller zerbrochen hat. Dafür nimmt der Vater die Teller wie ein Frisbee in die Hand und wirft sie gegen die Wand. Einmal ist ein Teller aus dem Fenster geflogen. Zuerst hat das Fensterglas geklirrt, dann der Teller, als er auf dem Boden aufschlug. Seither zieht es in der Küche. Zum Glück kochen sie dort. So ist es in der Küche meistens warm vom Dampf.

Im Wohnzimmer sitzt Milas Mutter und strickt eine neue Decke für das Baby in ihrem dicken Bauch. Die Decke ist dunkelgrün und aus dem Bauch wurde die kleine Schwester. Sie musste mit einer Flasche gefüttert werden, wie kleine Kätzchen, wenn sie aus ihrem Nest fallen. Der Vater musste deshalb oft in die Stadt fahren. Der Vater wickelte das schreiende Kind in der Decke zu einem Bündel, das Bündel schrie trotzdem. Wenn der Vater in die Stadt fuhr, blieben Mila und ihre andere Schwester mit dem kleinen Bündel allein. Seine Beinchen und Ärmchen waren stärker als das Gewickle des Vaters und es befreite sich daraus und sein Kopf wurde beim Schreien ganz rot und die Fäustchen waren geballt. Mila und die Schwester konnten das schreiende Baby kaum halten. Denn beim Schreien konnte es sich verkrampfen und drehen. Aber das Baby lächelte auch, wenn man es gewickelt hatte. Es gluckste und quieckte, wenn man ihm ein Glöckchen vor die Augen hielt und es klingeln ließ. Bevor es einschlief, quengelte es, und sobald es greifen konnte, steckte es alles in den Mund. Wenn es schlief, dann lagen seine winzigen Fäustchen immer neben seinen Ohren. Eines Nachts, da konnte es schon sein Köpfchen heben, legte es der Vater in Milas Bett und sagte, dass die Schwester groß genug ist, dass Mila ab jetzt immer auf sie aufpassen kann.

Am nächsten Tag saß die Mutter im Wohnzimmer. Möbelstücke hatte der Vater weggestellt und die Mutter dafür an der Wand befestigt. Seither sitzt die Mutter strickend im Wohnzimmer und lächelt zu jeder Zeit in den Raum.

(Mila)

Noch sind die Glieder steif und müde, noch gibt es nichts, was Mila davon überzeugt, aus dem Bett zu steigen, sich anzuziehen, das Frühstück zu machen. Sie liegt da wie ein Stein, spürt eine Schwester schlafwarm mit ihr Rücken an Rücken, die andere berührt sie mit ihren Zehenspitzen. Den Vater hört sie schon aus dem Schlafzimmer husten. Die kleine Schwester liegt am Fußende. Mila hat sie heute Nacht dort hingeschoben, damit sie mehr Platz hat. In der Nacht zappelt und streckt sie sich so, dass sie einmal quer und einmal gerade im Bett liegt. Leise deckt Mila sich auf, vorsichtig steigt sie aus dem Bett, stellt ihre nackten Füße auf den Boden, sucht nach ihren Socken. Sie sind unters Bett gerutscht.

Mila steht in der Küche. Die Katze trinkt ihre Milch. Der Vater hustet lauter. Die Milch für die Schwestern auf dem Ofen dampft noch nicht. Mila stellt Brot und Marmelade auf den Tisch, kocht Kaffee für den Vater. Die Schwester tappst in die Küche. Sie setzt sich auf die Bank.

»Müde?«

Sie schüttelt den Kopf, macht ein ablehnendes Geräusch. Noch will sie nicht sprechen. Noch ist es zu früh. Mila legt größere Holzstücke in den Ofen, stellt sich davor und fühlt die Wärme auf ihrem Bauch und ihren Oberschenkeln. An der Wand hängt Vaters Schlüsselbund. Sonst hängt er ihn nie dorthin, schon lange nicht mehr. Die Schwester hat ihren Kopf in beide Hände gelegt und die Augen zu. Mila nimmt den Schlüsselbund und steckt ihn sich in die Rocktasche.

Beim Frühstück schweigen sie wie immer. Der Vater wird bald aus dem Haus gehen, die Straße entlang, jedes Schlagloch vermeidend. Bald wird er nach den Schlüsseln in seiner Hosentasche greifen. Er wird in der einen Hosentasche und dann in der anderen danach suchen. Er wird sich auch an die Brusttasche greifen. Zum Aufsperren der Tür ins Rathaus wird ihm heute der Schlüsselbund fehlen. Dann wird die Spinne dem Vater das Gesicht verdunkeln und der Vater wird wütend und gefährlich sein.

»Wir gehen heute zur Tante«, sagt Mila deshalb. Dabei schaut sie in ihre Tasse, steht auf und beginnt die Schüsseln der Schwestern abzuräumen. Eine Schwester möchte protestieren, die Milch ist noch nicht ausgetrunken, aber Mila sieht sie an und die Schwester verstummt. Sie hat schon gelernt, dass sie ihrer großen Schwester nicht in jedem Moment widersprechen darf. Der Vater blickt kaum auf, nickt. Die Tante wohnt im Dorf über dem Fluss. Sie wohnt nah an der Brücke zum zerstörten Dorf, in das man nicht gehen darf. Tante Tatiana sagt immer, dass es drüben noch etwas zu holen gibt. Es solle aber alles vermint sein. So wie die Stimmung des Vaters, bei jeder Bewegung könnte er explodieren und heute wird er ganz sicher explodieren. Mila lässt das Feuer ausgehen und sie legt die Bücher in ihrem Zimmer unter das Bett.

Mila bewegt sich vorsichtig, damit niemand hört, wie der Schlüsselbund in ihrem Rock klimpert. »Gesicht waschen«, sagt Mila und trägt die kleine Schwester vor das Waschbecken. Sie wäscht ihrer Schwester das Gesicht mit kaltem Wasser, zieht ihr den Pyjama aus. Die Kleine lehnt sich gegen Mila, Mila greift mit einer Hand nach dem Kleid. Es ist das Kleid, das schon Mila getragen hat, als sie so alt war wie ihre Schwester. Es gibt sogar Fotos davon. Die Mutter ist schwanger, hält eine kleine Mila an der Hand und Mila lächelt in eine Kamera, hinter der ihr Vater steht. Wie ertrug die Mutter es, dass er schnarchte, rauchte und an manchen Tagen zuschlug? Früher kam der Vater am nächsten Morgen angekrochen und entschuldigte sich. Er beteuerte jedes Mal, dass es das letzte Mal gewesen war. Vaters Hände sind klein und trotzdem sehr stark. Die Finger der rechten Hand sind vom Nikotin gelb geworden.

Denkt Mila an Männerhände, dann denkt sie lieber an Juris Finger, lang und filigran, größer als Vaters. Er sollte Klavierspieler werden. Seit die Schule geschlossen ist, gibt ihm nur niemand mehr Klavierstunden. Das Klavier steht noch in der Halle, wahrscheinlich. Vom kalten Schulgebäude werden sich vielleicht die Saiten verstimmen, und falls Juri jemals wieder Klavier spielen wird, dann wird es nicht mehr schön klingen, wenn er mit seinen Fingern die Tasten berührt. Wenn er weiter so raucht, wie er es gerade tut, werden sich ohnehin auch seine Finger verfärben. Juri und seine Freunde trinken auch Kaffee, sie nehmen dazu Kaffeepulver und kochen Wasser auf. Sie gießen das Wasser über das Pulver. Mila hat sie beobachtet. Juris Mutter schickt das Pulver immer noch seiner Großmutter, obwohl seine Großmutter letztes Jahr gestorben ist. Mila ging auch in dem schwarz gekleideten, schweigenden Grüppchen von der Kirche zum Friedhof mit. Der Pfarrer war gekommen, er schritt voran, hinter ihm zog ein Pferd den Sarg und Juri ging hinterher. Seine Augen verrieten nichts. Juris Großmutter war die, die immer die Tür aufhielt, wenn man sie besuchte. Sie war so eine Frau, die einen umarmte und an ihre dicke Brust drückte, wenn man weinte. Sie konnte den besten Kartoffelsalat machen und bei jeder Gelegenheit gab es diesen Salat. Dafür hatte sie eine große Schüssel, und wenn sie alle Zwiebeln, Kartoffeln, Gurken und Essig und Öl hineingegeben hatte, dann griff sie mit beiden Händen hinein und bis zu den Ellbogen verschwanden ihre Arme in den Kartoffeln. Nach dem Begräbnis gingen sie ins Wirtshaus. Dort gab es Würstchen mit Senf. Der Fleischhacker spendierte die Würstchen und die Wirtin den Senf und Juri hatte Kartoffelsalat gemacht. Alle aßen und erzählten von ihr. Niemand erwähnte Juris Mutter. Seitdem trinkt Juri den Kaffee mit den anderen. Er wartet am Ende des Monats auf die Pakete seiner Mutter. Die Stützstrumpfhosen, die sie ebenfalls noch immer für seine Großmutter mitschickt, zieht er sich an und äfft dabei nach, wie alte Frauen sich bücken, mühsam die Strümpfe hochziehen. Er ächzt und stöhnt. Darüber lachen die anderen Kinder laut.

»Es ist zu klein, es ist zu klein.« Die ältere Schwester steht vor Mila und zeigt auf die Kleine. Mila versucht noch immer den Reißverschluss hinten am Kleid zuzumachen. Die Kleine weint und wehrt sich und die Küchentür fällt zu. Der Vater geht aus dem

Haus. Seine Spinne hat sich noch nicht gezeigt. Jetzt sucht er sicher gleich die Schlüssel. Mila wirft ihrer kleinen Schwester eine Jacke über und sagt: »Wir müssen los.«

Tante Tatiana ist eine junge Frau, die ihren Mann fortgeschickt hat, als sie schwanger wurde. »Tatiana meint, nur so lange, bis wir genug Geld haben. Unser Kind soll es ja einmal besser haben«, sagte Onkel Valentin dem Vater, als er sich verabschiedete. Onkel Valentin ging, damit Tanta Tatiana dem Kind etwas zum Anziehen, etwas zum Spielen kaufen kann, damit sie es später in die Stadt schicken können, dort soll es etwas lernen. »Das Kind hat seinen Vater noch nicht gesehen und der Vater noch nicht sein Kind«, sagt Tante Tatiana. Sie telefonieren zwar miteinander, aber das Baby von Tante Tatiana und Onkel Valentin weiß damit noch nichts anzufangen. Mila findet, dass das Kind nicht so aussieht, als könnte es von Onkel Valentin sein. Wäre Mila ein paar Jahre älter gewesen, hätte sie ihn geheiratet. Sogar wenn Mila schwanger geworden wäre, hätte sie ihn nicht gehen lassen. Sie hätte, wie für ihre Schwestern, Röcke und Kleider in den verlassenen Häusern gefunden. Onkel Valentin hat erstens schöne Hände, ist zweitens freundlich und hat drittens so viele Bücher, dass man wahrscheinlich fünf Jahre ununterbrochen lesen müsste, um alle Bücher in seinem Haus gelesen zu haben. Deshalb besucht Mila Tante Tatiana so gerne. Sie setzt sich vor das Bücherregal und zieht an den Buchrücken. Wenn ihr ein Buch gefällt, fragt sie die Tante, ob sie es mitnehmen darf. Die

Schwester von Milas Mutter weiß nichts über Bücher und schenkt Mila keine Aufmerksamkeit, wenn sie vor den Büchern sitzt. »Ja, ja«, sagt sie, »nimm alles, was du brauchen kannst.«

Auf der Hochzeit von Onkel Valentin und Tante Tatiana tanzte Milas neuer Onkel mit ihr den zweiten Tanz. Es gefiel Mila, wie er ihre Hand in seine legte, mit welcher Sicherheit er die Schritte setzte. Die Buben in Milas Alter haben schwitzende Hände und steigen einem beim Tanzen auf die Füße. Nur mit Juri hat Mila noch nicht getanzt. Auf der Hochzeit von Onkel Valentin war er nach dem zweiten Tanz nirgends mehr zu sehen.

Nach der Hochzeit ging Mila die beiden oft besuchen. Tante Tatiana sieht der Mutter ähnlich. Auch wenn sie sonst nicht ist wie die Mutter, erkennt Mila Bewegungen der Mutter in ihren, wenn sie sich die Haare bindet oder wenn sie Teig knetet.

Onkel Valentin hat einmal in der Stadt studiert, dann wollte er Lehrer werden. Aber er musste zurück in sein Elternhaus, als seine Mutter starb, und seine Geschwister versorgen. »Du sollst einmal Lehrerin werden, Mila«, sagte er, wenn sie gemeinsam vor seinem Bücherregal saßen und nach geeigneten Büchern für Mila suchten, »wenigstens einer von uns soll es doch schaffen.« Wenn Tante Tatiana das hörte, sagte sie zu Valentin: »Geh du lieber arbeiten, als hier zu sitzen und jungen Mädchen das Blaue vom Himmel zu erzählen, was soll sie damit?«

Onkel Valentin stand auf und seufzte. »Tatiana«, sagte er dann immer, »was täte ich, wenn ich dich nicht hätte? Ich wäre schon lange nicht mehr aus meinen Träumen aufgewacht und über meinen Büchern verhungert.« Dabei zwinkerte er Mila zu und küsste Tatiana auf die Wange.

Am Abend sitzt der Vater in der Küche, es sind keine Teller zerbrochen und auch das Haus sieht so aus, wie Mila es verlassen hat. Der Vater erwähnt nicht die Schlüssel und sonst verliert auch keiner ein Wort beim Essen. Die Schwester befeuchtet die Zeigefingerspitze mit der Zunge und drückt sie gegen die Brösel auf dem Tisch. Mila schnappt die Hand von der Schwester kurz vor ihrem Mund. Der Vater bemerkt es nicht. Mila lässt los, die Schwester schleckt den Finger ab. Nach dem Abendessen steht er hinter ihnen und im Spiegel sieht Mila, dass er prüft, ob sie sich die Ohren waschen, bevor sie schlafen gehen. Mila zieht der kleinen Schwester den Pyjama an. Sie sagen Gute Nacht und der Vater gibt auch ein Geräusch von sich. Er dreht am Radio, sucht eine richtige Position für die Antenne. Es knackt und rauscht. Dann liegt Mila im Bett. Sie wartet noch immer auf den Anfall vom Vater. Sie blättert leise die Seiten in ihrem Buch um. Sie lauscht in die Küche. Keine Stimmen, keine Töne, keine Klänge aus dem Gerät, keine Bewegung des Vaters. Nur das Knacken aus dem Radio. Der Vater sucht wie immer nach Empfang. Mila liest noch einmal, was sie schon gelesen hat.

(Mila)

Am nächsten Tag geht der Vater hinters Haus und durch den Garten zu seinen Bienen. Er macht Platz für einen neuen Bienenstock. Die Spinne sitzt zwischen Schultern und Nacken. Seit der Vater sie hat, muss er keine Imkerkleidung mehr tragen. Selbst die Bienen fürchten sich vor ihr. Sie stechen ihn nicht mehr, wenn er die Rahmen mit dem Honig aus den Kästen holt. Sie auf und ab wiegt, um herauszufinden, wie voll die Waben schon sind. Wenn er prüft, ob sie brüten und wie es der Brut geht, schaut ihm die Spinne mit ihren acht Augen über die Schultern und fixiert die Bienen. Auch sie könnten einmal ihr Fressen werden.

Wenn im Dorf ein Bienenschwarm entdeckt wird, dann wird immer der Vater gerufen. Heute stellt er einen leeren Bienenstock unter den Bienenschwarm und klettert auf den Baum, an dem der Schwarm wie ein Faultier hängt, und will die Äste so schütteln, dass die Königin von der Mitte des Schwarms in den Bienenstock fällt. Mila und die Schwestern müssen ihm dabei helfen. Über ihnen rauscht es vom Summen Tausender Bienen. Die Spinne des Vaters sieht auf sie herab, bereit zum Sprung in eines der Gesichter.

»So«, sagt der Vater und die Spinne verzieht sich plötzlich unter sein schwarz-weiß kariertes Hemd, »geht zur Seite.« Mila hat noch nie gesehen, dass es selbst für die Spinne gefährliche Zeiten gibt. Auch sie bewegt sich heute vorsichtig, denn in ihrer Rocktasche befindet sich noch immer der Schlüsselbund.

Mila und die größere Schwester nehmen die jüngste in ihre Mitte und entfernen sich von dem Kirschbaum, auf dem der Vater sitzt. Da erst beginnt er den Ast zu schütteln. Geschickt macht er das und schon fällt ein großer Teil des Schwarms in den Bienenstock. Der Vater hält inne und schaut sich die verbliebenen Bienen auf dem Ast an. Dann blickt er zu seinen Töchtern und Mila sieht, dass er lächelt. »Ich denke, wir haben die Königin.« Der Vater wischt sich den Schweiß von der Stirn, verlagert dazu sein Gewicht auf einen Arm. Da knackst es gefährlich unter ihm. Mila stellt sich vor, wie er in den Bienenstock fällt und wie er ohne die Spinne, die ihm die Bienen samt ihren Stacheln vom Leibe hält, umkommt von den vielen Bienenstichen. Der Vater springt geschickt vom Baum und schützt sein Gesicht vor dem Ast, der herunterbricht. Und im nächsten Moment schließt er schon den hölzernen Bienenstock, damit ihm der Schwarm nicht mehr entwischen kann. Mila erkennt etwas in den Bewegungen des Vaters. Sie kann sich nicht erinnern, was genau.

Mila stiehlt sich davon. Wenn der Vater bei den Bienen ist, dann lässt sie ihre Schwestern allein im Garten. Dem Vater fliegen die Bienen zu. Von den Kindern hält er sich fern. Mila schlüpft in die Hütte, in der der Vater Holz, kaputte Fahrräder und Werkzeug sammelt. Sie klettert über das Holz und schwingt sich auf die Bretter unterm Dach. Sie hat sie mit Heu ausgelegt. Niemand vermutet sie hier. Durch die Ritzen in der Holzwand, durch die Astlöcher wird sie von der Sonne geblendet. Mila blinzelt. Noch hat sie niemand gerufen. Von hier kann sie in den Garten sehen und auf die Straße. Die Schatten von zwei Bäumen küssen sich dort. Auch dieser Sommer wird enden und der Herbst wird sie ins Haus treiben, wo sie kein Versteck hat. Unter Mila wird der Boden weich und durchlässig, sie hat das Gefühl unter ihr sitzt jemand und beobachtet sie, sie beugt sich hinunter und fällt fast von ihren Brettern.

(Lidia)

Heute habe ich die Serviette frisch gebügelt. Zuerst vorne, dann hinten, dann einmal gefaltet, dann das Ganze von vorne. Am Schluss habe ich sie zu einem Dreieck gefaltet und noch einmal gebügelt. Wenn man sie öffnet, bilden die Falten vier Quadrate und die Quadrate sind in Dreiecke geteilt, wie ein großes X verläuft meine letzte Bügelspur über die Serviette. Meine Klientin sieht nicht mehr gut, aber sie fühlt, ob die Falten stimmen, ob alles an seinem Platz liegt, ob ich ordentlich genug bin.

Ich bin glücklich über jedes Wort, das die Dame nicht verliert, und ich verhalte mich still. Ich atme kaum, wenn ich hier bin, ich unterdrücke meine Seufzer und bleibe ruhig, bei jeder Kritik sage ich: »Ja, Madame, nächstes Mal, verzeihen Sie.« So beherrsche ich diese Sprache, dass ich mich unterwürfig verhalten kann. In meinem Zimmer setze ich mich an den Tisch und schreibe meinen Kindern. So, schreibe ich ihnen, müsst ihr euch das Leben hier vorstellen: Ein Korsett, das sich um euren Brustkorb legt und das euch kaum Platz gibt zum Atmen, und doch, meine Kinder, bin und bleibe ich hier, für euch, für eure Zukunft, damit ihr weiter in die Schule gehen könnt und später in die Stadt, damit ihr etwas lernt, das man brauchen und womit man Geld verdienen kann und eine Familie ernährt.

In jedem Brief verspreche ich ihnen, dass ich bald wiederkomme, dass ich sie besuche, dass ich sie in die Arme nehmen werde, wenn ich erst einmal genug Geld und Zeit habe. Meine Kinderchen, schreibe ich immer noch, obwohl ich mir sicher bin, dass auf der Oberlippe meines Großen die Härchen wachsen, dass er sich schon lange nicht mehr drücken lässt, dass er den Mädchen hinterherstiert und nichts mehr mit dem unschuldigen Engelchen gemeinsam hat, das ich vor Jahren bei seiner Großmutter zurückließ. Die Kleine würde sich drücken lassen, vielleicht erst nach Tagen, sie kennt mich wahrscheinlich gar nicht mehr.

In der Dämmerung öffnete ich nur kurz die Tür zu ihren Zimmern und um sie nicht zu wecken, küsste ich meine Handinnenfläche und blies ihnen heimlich einen Kuss auf die Wange.

Manchmal schreiben sie mir. Sie zählen auf, was sie brauchen. Ich frage sie nach ihrem Zeugnis. Sie vergessen es immer mitzuschicken, außerdem haben sie Angst, dass es auf dem Weg verloren geht. Sonst schreiben sie nicht viel. Und ich sitze hier und weiß nicht, ob es am Alter liegt oder ob sie wirklich vergessen haben, dass ich es bin, der sie schreiben. Ihre Mutter. Die sie großgezogen hat, die sie gewickelt, gestillt und herumgetragen hat, ihre ersten Schritte beobachtet und ihre ersten Worte gehört hat. Jeden letzten Freitag im Monat gehe ich mit einem Päckchen zur Post, stelle mich in die Schlange und presse es ganz fest an mich. Darin sind Stützstrümpfe und Kaffee für Mutter, Süßigkeiten für die Kinder, neue Hefte für die Schule, manchmal auch eine Jeans oder ein Pullover mit Aufschrift. Alles, was ich an Liebe habe, gebe ich hinein. Am liebsten würde ich mich selbst mit Klebeband daran binden und, das Päckchen schützend und umhüllend, mitverschickt werden. Ich würde zerkratzt auf der staubigen Straße vor dem Dorf stehen. Das Päckchen wäre unversehrt. Statt eines Bauches wäre mir diesmal ein Päckchen gewachsen. Meine Mutter nähme mich wieder an die Hand wie damals. Sie sagte: »Das geht schon auch ohne Vater, mein Mädchen«, und dann ging es wirklich. Ich würde bleiben, bis meine Augen den Großen auch aus der Entfernung aus der Schar der Halbwüchsigen herausfiltern könnten, bis meine Kleine mich jeden Morgen umarmte.

(Mila)

Mila geht zu den verlassenen Häusern. Fast jedes der verlassenen Häuser hat Mila schon betreten, nur das Haus von Anni und die Schule noch nicht. Das Schulgebäude selbst ist verschlossen, man kann nur über das himmelblaue Schultor in den Hof klettern. Weiter kommt man nicht. Die Türen sind zu, die Kellerfenster hinter den Gittern verriegelt, und keine Löcher sind in den Glasscheiben zu finden. An Vaters Schlüsselbund hängt der Schlüssel für die Schule. Er wird ihn dem neuen Lehrer geben, wenn erst einmal einer kommt. Dieser Schlüssel gehört jetzt auch Mila. Später, wenn die Schwestern schlafen oder mit den anderen Kindern spielen, wird Mila den Schlüssel ausprobieren.

Vor Annis Haus liegt ein roter Topf in der Wiese. Es liegen auch noch andere Dinge herum, ein Schuh, ein Stapel nasser Zeitungen, ein Kartoffelschäler, eine Sense lehnt neben der Haustür an der Wand. Vom Birnbaum hängt an zwei Seilen ein Autoreifen herab.

Mila setzt ihre kleine Schwester auf den Reifen, vergewissert sich, dass sie sich auch gut festhält, und beginnt sie mit der freien Hand anzutauchen. Die andere Hand hat sie in ihre Rocktasche gesteckt, genauso wie es die Mutter auf den Fotos als junge Frau macht. Unter dem Rock sieht man bei der Mutter schon den kleinen Bauch, in dem Mila zu dieser Zeit geschwommen ist.

Mila ist oft bei Annis Haus. Sie wünscht sich Anni zurück. Sie versucht sich zu erinnern, ob die Vorhänge so oder ein bisschen offener gewesen sind, ob der Faltenwurf gleich war, als Anni gegangen ist. Mila sucht nach Veränderungen an Annis Haus, nach einem Schlupfloch hinein. Sie möchte wenigstens in ihr Haus gehen. Auf dem frischen Gras sucht sie nach umgeknickten Grashalmen, nach irgendetwas, das auf die Anwesenheit anderer hindeuten könnte.

Die Schwester will von der Schaukel herunter. Mila nimmt sie herab und an die Hand. »Komm, wir gehen um das Haus«, sagt sie zu ihr. Ihre Schwester schwankt, krallt sich in Milas Hand, fällt hin. »Kannst du nicht normal gehen?« Mila lässt die kleine Hand abrupt los, schaut auf ihre Schwester hinunter. Mila bemerkt es: Sie hat ihrer Schwester die Schuhe falsch herum angezogen. Zuerst will sie sich bücken, aber dann geht Mila weiter. Sie läuft vor der Schwester davon. Sie geht um das Haus. Die Kleine ruft nach ihr. Mila bleibt kurz stehen und streckt nur ihren Kopf hinter der Hauswand hervor. »Da!«

Auch hier bemerkt Mila keine Spuren, nirgends Zeichen dafür, dass jemand außer ihr hier war. Und sie wünscht sich nichts sehnlicher als den Winter, sie wünscht sich, noch einmal schweigend mit Anni Kartoffeln zu schälen, und geht zu einem der blinden Fenster, legt ihre Handkanten daran und versucht etwas zu erkennen. Ein Bett und ein Teppich, Zeitungen, im Hintergrund eine Kommode mit einem Spiegel, darauf stapeln sich Teller. Es sieht aus wie in jedem Haus im Dorf. Es sieht aus, als wäre Anni nur kurz fortgegangen, um eine Verwandte nach der Geburt ihres Kindes zu unterstützen, als hätte sie keine

Zeit gehabt aufzuräumen, bevor sie das Dorf verließ, als würde sie alles in Ordnung bringen, wenn sie nach ein paar Wochen wiederkäme. »Hunger«, sagt die Schwester. Sie gehen wieder auf die Straße und nach Hause. Auf dem Weg hört Mila die Stimmen der anderen. Sie sieht den Haufen schon. Er bewegt sich sicher, zackig und immer in eine gemeinsame Richtung. Er hat tausend Arme und Beine, die nach ihr greifen. Er kommt auf Mila und ihre kleine Schwester zu. Niemand tanzt aus der Reihe. Mila kann unter ihnen nicht einmal die andere Schwester ausmachen. Mila nimmt die Kleine wieder an die Hand und geht hinter den Häusern durch die Gärten nach Hause. Sie macht die Hintertür auf und schlüpft hinein.

Mila will in den Häusern Geister wecken. Sie will die Leute darin finden, die einmal hier gewohnt haben. Sie will herausfinden, was übrig bleibt von so einem Leben, das nur für eine Zeit in diesem Dorf war, obwohl alle für immer bleiben wollten. Sie findet nur Dinge in den Häusern. Sie findet dort keine Menschen mehr, die einmal hier gewohnt haben. Sie kann sich zwar in deren Küchen setzen und warten, ob ihr die Kochlöffel Geschichten von den gemachten Suppen und die Teller von den gefeierten Hochzeiten erzählen. Bisher ist nichts davon passiert. Die Kochlöffel riechen nach angebratenen Zwiebeln, die Teller sind sauber. Mila muss sich diese Geschichten selbst ausdenken. Sie denkt darüber nach, was die Menschen hier gemacht haben, welche Speisen sie gerne gegessen haben und welches Gemüse sie essen, dort, wo sie jetzt sind. Mila stellt sich das Leben woanders besser vor. Die Leute aus dem Dorf sitzen wahrscheinlich in warmen Wohnungen und im Sommer in nicht zu heißen. Wenn sie aus dem Fenster blicken, sehen sie Bäume und einen kleinen Kanal. Die Stadt, in der sie Arbeit gefunden haben, ist nicht weit entfernt und eine Bahn fährt dorthin. Die Leute in dieser Stadt, die Leute aus dem Dorf stehen in der Früh auf und gehen zur Arbeit. Sie kommen am Abend nach Hause und kochen. Sie kochen noch immer das, was sie auch im Dorf gekocht haben. Sie schneiden Zwiebeln klein und Paprika, sie braten Gemüse und Fleisch an und binden Soßen mit Mehl und dann essen sie. Dabei schauen sie aus ihrem Fenster auf den Kanal, auf die Straße, auf Bäume, und Mila weiß nicht, ob die Leute aus dem Dorf noch an das Dorf denken oder ob sie schon vergessen haben, wie der Weiher nach Fisch riecht und wie die Straße staubt, wenn ein Pferd darüber trabt. Ob sie ihre Sachen in den Schränken gar nicht vermissen. Sie werden neue haben mit neuen Kleidern mit Blumenmuster darin. Meistens sucht Mila in den Schränken in den Schlafzimmern nach Sachen zum Anziehen für sich und die Schwestern, sie probiert die BHs der Frauen und schaut sich dabei in den fast blinden Spiegeln an. Bei jedem Geräusch hält sie die Luft an, erstarrt. Niemand darf sie in den Häusern finden. Dann würde es keine geheimen Stunden mehr geben, keine ohne Kinder, keine, an denen sie sich von den Schwestern davonstiehlt und sie ganz für sich ist. Und Tante Tatiana würde sie nicht mehr loben für die schönen Kleider, die sie immer auftreibt, auch wenn der Vater sicher nur wenig Geld dafür übrig hat.

(Mila)

Mila wandert durch das Dorf. Sie geht leise und langsam, sie schleicht an den verlassenen Häusern, an der zugesperrten Kirche vorbei. Sie will nicht entdeckt werden. Die Kinderschar ist ihr unheimlich geworden. Wie ein wildes Tier, das in die Enge getrieben wird, bewegen sich die Kinder, wissen nicht, was sie tun sollen, wohin mit sich, und bestrafen sich gegenseitig. Es gibt niemanden, der sie beruhigen kann.

Mila will in die Schule. Dort war die Stimmung besonnen. In der Tasche klimpern die Schlüssel vom Vater. Aus der Schule hört sie Klaviermusik. Aus Gewohnheit klettert sie über das Tor, erst an der Schultür holt sie die Schlüssel aus der Tasche und öffnet. Der Gang ist leer und aufgeräumt, um die Ecke ist die Halle. Dort steht das Klavier. Ihren Körper drückt sie gegen die Wand, kurz vor der Ecke lässt sie sich auf die Knie sinken. So schön kann nur einer das Klavier bespielen, da ist Mila sich ganz sicher. Sie stellt ihn sich vor, wie er da sitzt. Wie seine schönen Hände über das Klavier gleiten. Vorsichtig reckt sie ihren Kopf um die Ecke. Die Hände sind alt, und kräftig ist der, der da am Klavier sitzt. Sie beugt sich weiter nach vorne. Am Klavier sitzt der Vater, er hat die Augen geschlossen. Sein Körper bewegt sich zur Musik, er lässt sich in die Tasten fallen. Auf dem Klavier liegen Schlüssel, die Mila noch nicht gesehen hat. Der Schlüsselbund sieht offiziell aus, mit einer Fahne und einem Wappen. In einer anderen Ecke sitzt die Spinne und fixiert Mila. Sie erschrickt und springt auf, beginnt zu laufen, über den Gang zur Tür, hört, wie die Musik abbricht. Sie muss ihm entkommen und gleichzeitig merkt sie, wie die Freude über das Klavierspiel weicht, wie der Ärger in ihr hochkocht. Mila tritt gegen die Schultür, reißt sie auf und schlägt sie hinter sich zu. Sie läuft zum Schultor und klettert darüber. Am höchsten Punkt angekommen dreht sie sich kurz um und da sieht sie den Vater. Der Vater schaut ihr nach. Hinter ihm krabbelt die Spinne auf ihn zu, klettert schon seine Beine hoch. Mila lässt sich auf die andere Torseite fallen. Kurz berühren Hände und Beine den Boden, dann läuft sie weiter, durch die Gassen, und in diesem Moment spürt sie keine Schlüssel mehr in ihrer Rocktasche. Sie stecken noch in der Schultür. Mila hört ein Dröhnen, das immer stärker wird. Sie bleibt stehen und hält sich die Ohren zu. Irgendwo über den Wolken fliegen wieder die blechernen Vögel. Mila kann sie nicht sehen. Milas Ohren tun weh, so laut sind sie. Sie läuft nach Hause. Im Garten steht der Kirschbaum und seine Blätter wackeln im Wind auf und ab wie spitze Nasen und riesige Münder von Hexen.

(Wir)

Wir sind ein Körper geworden. Damit klettern wir auf die Bäume im Dorf. Wir spielen mit den zurückgelassenen Feuerzeugen der Erwachsenen und bauen uns aus den Maiskolbenblättern Zigaretten. In unseren Taschen haben wir kleine Messer und Scheren. Wir wünschen uns von unseren Eltern echte Schweizer Taschenmesser. Wir erwarten sie in jedem Paket, das sie uns schicken. Mit Küchenmessern schneiden wir Äste von den Haselnusssträuchern an den aufgelassenen Gleisen. Damit und mit Schnüren bauen wir uns Pfeil und Bogen. Letztes Jahr haben wir uns eine Zielscheibe gebastelt. Dafür haben wir auf ein altes rundes Brett farbige Kreise aufgetragen. Jemand hält das Brett neben seinem Kopf in die Höhe. Am Anfang zählen wir aus, wer es ist. Wir spielen »Schere, Stein, Papier«. Wer verliert, muss das Brett halten.

Wir waren neunzehn Kinder. Seit ein paar Tagen fehlt uns eines und wir suchen zwischen uns nach seiner Stimme. Wenn wir in den Wiesen liegen, dann fehlt unserer Lunge hin und wieder ein Atemzug, und manchmal haben wir durch sein Fehlen vergessen, wie sich unser Körper so durch das Dorf bewegt, dass wir, ohne miteinander zu sprechen, alle in die gleiche Richtung gehen. Unsere Stimme hat sich geändert, wir sind plötzlich etwas leiser, wenn wir rufen. Wir bewegen uns anders und finden nicht mehr dorthin, wo wir uns immer aufgehalten haben.

Bis vor Kurzem haben wir uns wie ein Tier durch das Dorf bewegt. Wir waren eine Katze, die um die Häuser schleicht, wir mussten uns kaum mit Handzeichen verständigen. Wir waren der geschlagene Hund vom Fleischhacker und duckten uns unter Sträucher und Bäume. Und wir machten das alle gemeinsam und gleichzeitig. Wie ein Vogelschwarm waren wir. Als wir noch neunzehn Kinder waren, waren wir immer farblich aufeinander abgestimmt. Jetzt beißt sich das Gelb unserer Hosen mit dem Gelb unserer Pullover. Außerdem ist die Langweile an manchen Tagen viel größer.

Mila ist verschwunden. Seit wir die Schnecke als Bestrafung verfüttert haben, huscht sie nur mehr an uns vorbei, anstatt sich uns anzuschließen. In unserem Körper gibt es ein Loch. Das Loch gehört da nicht hin. Das Loch war plötzlich da. Es befindet sich auf dem Schienbein. Das Loch ist groß. Wenn wir nicht aufpassen, dann stechen uns die Gräser dort, wenn wir uns hinlegen, oder Äste und Blätter, wenn wir durch das Gebüsch wuseln, und es könnten auch Tiere hineinklettern, die unsere Gebeine fressen. Das Loch am Schienbein hat dort so einen Krater hinterlassen, dass wir durch die Haut und das Fleisch hindurch auf unsere Knochen schauen können. Das Loch ist saftig und rosa und rot und der Knochen sieht ganz frisch und weiß aus. Wir haben das Loch zuerst verbunden. Dann haben wir den Verband das erste Mal heruntergenommen und die Wunde an der Luft trocknen lassen. Sie ist tief und wir sollten eine Salbe mischen, damit wir keine Narbe davontragen. Wir wissen nicht, wie man Vaseline mit welchen Kräutern vermengt und ob die Salbe dann brennt. Jetzt ist auch schon ein Teil der Kruste heruntergefallen und darunter ist eine zarte Haut zum Vorschein gekommen. Die Wunde schuppt und juckt. Wir achten darauf, dass kein Finger sie berührt. Wenn wir in das Loch greifen, dann schmerzt es. Seit wir das Loch am Schienbein haben, ist alles ein bisschen anders geworden und die Geschmeidigkeit für jede unserer Bewegungen fehlt.

Heute machen wir Liegestütze. Wir müssen sie machen. Nur so sind wir eine Einheit. Unsere Muskeln brennen, in unsere Hände sticht der spitze Schotter. Die Kleinen dürfen die Knie unten lassen. Es bilden sich dunkle Abdrücke auf unseren Knien und Handballen. Wir machen fünf Liegestütze und dann noch einmal fünf und noch einmal und noch einmal fünf, und so geht es immer weiter, bis wir an Händen und Knien bluten.

(Die Grimmeisen)

Diesen Kindern ist nicht zu helfen. In diesen Zeiten schaut man besser nach sich selbst als nach den anderen. Ich habe für sie alles getan, was ich tun konnte. Ich habe sie in meinen Laden gelassen. Ich habe ihnen Zucker und Gummischlangen geschenkt.

Im Dorf kann man nicht bleiben. Alle haben immer gesagt, dass sie die Kinder nachholen werden. Wenn sie sichere Arbeit gefunden haben, wenn alles geklärt ist, wenn der Konflikt vorbei ist. Die Arbeit ist nicht sicher, der Aufenthalt nicht geklärt, der Konflikt wird zum Krieg werden und das Leben anders. Alle denken immer später, ich sage, später kommt nicht.

In meinem Laden musste ich alles verkaufen, was die Menschen gebraucht haben, Streichhölzer, Nudeln, Feuerzeuge, Zigaretten, große Messer. Ich habe nicht gefragt, was die Menschen damit machen. Ein jeder kehre vor seiner eigenen Tür, sage ich immer. Schlechte Leute gab es in unserem Dorf nicht. Säufer, ja, und Schläger. Aber den Ort müsst ihr mir erst zeigen, wo es die nicht gibt. Wie in jedem Dorf hat es die einen gegeben, denen alles irgendwie in die Wiege gelegt wird, und die anderen. Die sind Säufer geworden, dafür gab es auch Gründe, nicht wahr? Eines werfe ich den Leuten im Dorf vor, was ich mir nicht vorwerfen kann: Sie haben ihre Kinder zurückgelassen. Allesamt. Da gab es praktisch keine Ausnahme. Dass die Erwachsenen ohne die Kinder gehen, das hätte man verbieten sollen. Und auch der Staat, auch der hätte zur Verantwortung gezogen werden müssen. Da ist niemand gekommen, der nach den Kindern geschaut hätte. Der Lehrer ist schon fortgewesen, als ich gegangen bin. Die Kinder waren schon lange verloren. Die hatten keinen Anstand, keinen Respekt, keine Eltern, keine Zukunft, die hatten gar nichts mehr. Und trotzdem, ich sage es nochmal, aus den Kindern hätte was werden können. Sie haben schließlich meinem Vater das Leben gerettet, auch wenn er dann an einer Lungenentzündung gestorben ist. Sie waren es, die ihn aus dem Eisloch gezogen und nach Hause gebracht haben. Um ehrlich zu sein, war ich erleichtert, als der Alte das Zeitliche segnete. Das war es doch, was mich endlich gehen ließ. Dass aus solchen Kindern nichts wird, tja, das hätte man sich denken können, nicht wahr?

Ich habe mir jedenfalls nichts vorzuwerfen. Ich habe alles richtig gemacht. Wie gesagt, mir kann man nichts vorwerfen an der ganzen Geschichte. Ich habe alles richtig gemacht, als ich gegangen bin, und auch heute noch. Die Verantwortlichen muss man woanders suchen. Bei den Eltern zuerst. Wie man das nur machen kann, die eigenen Kinder so zu vernachlässigen, und dann natürlich beim Staat. Denn wenn die Eltern versagen, muss sich der kümmern. So sehe ich das. Ich habe mir nichts vorzuwerfen.

(Wir)

Die Grimmeisen ist letzte Woche gegangen. Sie hat, wenn wir zu ihr gekommen sind, mitten in ihrem Laden gestanden und hat jede unserer Bewegungen verfolgt. Wir sind mit unseren Fingern über die Gläser gefahren. In den Gläsern waren Nüsse und Haferflocken und auf ihrem Tresen haben zwei Gläser mit Gummischlangen und sauren Schnullern gestanden. »Lasst die Finger davon«, hat sie immer gesagt oder sie hat uns an den Ohren gezogen oder mit der flachen Hand auf unsere Hände geschlagen.

Wir mussten zu ihr gehen und haben dort alles gekauft: Zucker, um damit unsere Sauerkirschen zu süßen. Wir holen dafür riesige Schüsseln aus unseren Küchenschränken und schütten den Zucker hinein, dann pflücken wir die Kirschen und tauchen sie in das weiße Pulver. Der rote Saft rinnt uns dabei aus den Mundwinkeln. Wer seinen Blinddarm noch hat, muss die Kerne ausspucken. Die Kirschenzeit ist vorbei. Nächstes Jahr machen wir es wieder so. Noch haben wir Zucker in unseren Häusern. Wir haben bei der Grimmeisen auch Mehl und Hefe geholt, um Brot zu backen. Wir haben auch Joghurt und Bratöl bei ihr gekauft und wenn uns etwas Geld übriggeblieben ist, dann haben wir auf die Gläser auf ihrem Tresen gedeutet. Wir haben Gummischlangen und saure Schnuller gekauft.

Bevor sie gegangen ist, hat sie uns an einem Samstagnachmittag zu sich bestellt. Sie hat uns das Brotbacken gezeigt. Sie hat das ganze Mehl gerecht unter uns aufgeteilt. Kinder, die kleiner waren, haben weniger als ihre großen Geschwister bekommen. Sie hat uns auch eine Anleitung geschrieben. Am Ende hat sie sogar die Gummischlangen und die sauren Schnuller aus großen Plastiktüten verschenkt. Als wir gesehen haben, wie viele es gibt, haben wir alle Gummischlangen und Schnuller in uns hineingestopft. Wir haben alles auf einmal gegessen. Unsere Hände haben danach geklebt. Unsere Bäuche waren voll und haben wehgetan. An diesem Tag hat niemand von uns gekocht. Hungrig waren wir trotzdem sehr.

Die Grimmeisen hatte Kataloge voller Frauen in Unterwäsche. Auf Hochglanzpapier waren auch Frauen in Brautkleidern und Männer in passenden Anzügen abgebildet, und sie hatte immer jeweils ein Heft voller Schuhe für die Saison und eines mit Bausteinen und Puppen und Miniaturautos. Nachdem sie letzte Woche die Rollos in ihrem Laden heruntergelassen hat, die Tür zugesperrt und die Stufen ein letztes Mal heruntergegangen ist, hat sie uns alle Hefte und Kataloge geschenkt. Dann ist sie die Straße entlang weggegangen und dabei ist uns aufgefallen, dass sie ein seltsames Geräusch gemacht hat.

Wir mögen die Frau aus dem Laden nicht. Sie ist böse und argwöhnisch wie ihr Vater gewesen, der sein Bein ausgestreckt hat, wenn wir mit dem Fahrrad an ihm vorbeigefahren sind. Er hat uns nie bei unseren Namen gerufen, sondern hat nur von uns Saukindern gesprochen. Er hatte einen Bogen und hat mit seinen Pfeilen nach uns geschossen. Wir wollten nicht in seiner Nähe sein, aber Zucker und Öl hat es nur bei seiner Tochter gegeben. Deshalb haben wir im Winter um sein Fischloch im Weiher heißes Wasser ausgeschüttet, bis das Eis ganz dünn war. Wir haben hinter den Büschen auf ihn gewartet. Wir haben gesehen, wie das Eis unter ihm gebrochen ist, wie er ins Wasser gefallen ist und wie er unter dem Eis nicht mehr aufgetaucht ist. Es ist Zeit vergangen, in der wir nur auf das Eis geschaut haben, auf das Loch, in dem sich das Wasser schon zu beruhigen begann. Dann erst ist Juri losgelaufen und wir sind ihm hinterher. Wir haben nicht in das kalte Wasser gegriffen. Wir sind nicht zu nahe an das Loch herangegangen. Wir haben einen Ast hineingehalten. Dann haben wir einen Widerstand gespürt. Wir haben den Grimmeisen aus dem Wasser gezogen. Er hat nass vor uns auf dem Boden gelegen. Er ist aufgestanden und gestürzt und seine Nase hat geblutet. Wir sind mit ihm nach Hause gegangen und haben ihm erklärt, dass ihm noch Schlimmeres passieren würde, wenn er jemandem davon erzählen würde, und dass er uns in Ruhe lassen soll. Erst später haben wir den Zahn gefunden, den er sich ausgeschlagen hat. Er ist dann nicht mehr aus dem Haus gegangen und wir haben ihn nicht mehr gefürchtet. Bald darauf war sein Begräbnis. Die Alten und der Pfarrer aus dem Nachbardorf sind mit ihm von der Kirche durch das Dorf zum Friedhof gezogen. Sein Sarg hat auf einem Pferdewagen gelegen, weil es niemanden mehr gibt, der stark genug ist, um einen Sarg zu tragen. Wir denken nicht mehr daran und auch nicht mehr an den Grimmeisen.

Als es in unserem Dorf noch viele Erwachsene gegeben hat, hat es auch ein Wirtshaus gegeben. Im Wirtshaus haben die Leute Wein und Bier und Schnaps getrunken und die Wirtin hat uns Fischsuppe gekocht, wenn wir ihr Fische gebracht haben. Wir wissen noch genau, dass die Erwachsenen viel Spaß hatten im Wirtshaus. Wir können uns auch noch daran erinnern, dass wir geschlagen wurden von unseren betrunkenen Eltern und Großeltern. Dass wir sie manchmal abholen mussten aus dem Wirtshaus und heimbringen. Aus ihren Mündern hat es gestunken und sie haben sich beim Gehen auf uns abgestützt, weil sie so gewankt haben.

Wir haben uns entschieden, dass wir allen Alkohol in unserem Dorf vernichten. Wir wollen nicht zu Säufern werden. Darum gehen wir in unsere Keller und Speisekammern. Wir öffnen die Flaschen mit brauner Flüssigkeit und riechen daran. Wir nehmen die Flaschen mit der durchsichtigen Flüssigkeit aus den Regalen. Wir bringen alles auf den Dorfplatz. Vielleicht brauchen wir den Schnaps noch einmal. Mit Schnaps kann man Wunden desinfizieren. Wir beschließen, den Schnaps aufzuheben. Wir bringen ihn in den Pferdestall eines Großvaters. Dort gibt es genug Platz. Dieser Großvater trinkt nicht. Wir huschen am Pferdegroßvater vorbei und schauen ihm nicht in die Augen. Er sitzt in der Küche und schaut böse. Neben der Küche geht es in den Pferdestall. Dieser Großvater hatte einmal viele Pferde. Jetzt stehen nur noch zwei im Stall. Wir bringen die Flaschen an den Pferden vorbei in eine leere Pferdebox. Unsere Hände sind schwitzig und einem rutscht eine

Flasche aus den Fingern, zerbricht auf dem Estrich und bildet einen Fleck. Die Pferde fangen an daran zu lecken.

(Mila)

Die Schwestern sind im Bett. Mila wischt die Küche. Sie hat in einen Eimer heißes Wasser mit Seife gegossen. Sie nimmt einen Lappen, taucht ihn ins Wasser, wickelt ihn um den Besen. Damit wischt sie den Boden. Ist der Lappen dreckig oder nicht mehr feucht genug, taucht sie ihn wieder in den Eimer, windet ihn aus, wickelt ihn um den Besen.

Der Vater saß so drohend beim Abendessen da, dass die Schwestern nicht wollten, dass Mila sie oben allein lässt. Mila weiß, dass die Küche sauber sein muss. Ihr Vater sitzt im Wohnzimmer. Mila hört ihn hin und wieder husten. Beim Abendessen haben sie kein Wort miteinander gesprochen. Es war, als würde er Mila gar nicht bemerken. Der Spinnenkörper saß ihm auf den Augen. Mit sechs seiner Beine hat er ihm den Mund zugehalten und währenddessen die Kinder am Tisch fixiert. Der Vater hat trotzdem kontrolliert, ob die Kleinen sich die Zähne putzen, ob sie sich die Ohren waschen. Er hat ihnen einen Kuss auf die Wange gedrückt. Die Schwestern haben verdutzt geschaut und Mila hat sie ins Bett gebracht. Danach ist sie wieder nach unten gegangen und hat sich an das Wischen des Bodens gemacht. Den Rücken dreht sie nie der Wohnzimmertür zu. Mila hat sie immer im Blick. Der Vater dreht am Radio. Mila hofft, dass er nicht mehr in die Küche kommt, während sie hier ist. Vielleicht wird er toben, vielleicht wird er schlagen, vielleicht wird er nur schreien mit ihr. Der Lappen tropft und das Wasser ist grau geworden vom Dreck, den sie täglich in die Küche tragen. Gleich ist Mila fertig, gleich kann sie hinauf ins Zimmer schleichen. Sie wird dem Vater und der Spinne entkommen sein, wird ihnen aus der feuchten Küche entrinnen. Da sieht Mila noch einen hartnäckigen Fleck. Mit dem Lappen in der Hand reibt sie fest dagegen. Es treibt ihr den Schweiß auf die Stirn. Dann stehen Vaters Füße plötzlich in der Tür. Mila erschrickt und hält kurz inne in ihrer Bewegung. Er macht einen Schritt auf den Tisch zu.

»Mila«, sagt er. Seine Stimme ist nicht laut, sie ist nicht tobend, sie bebt nicht. Mila steht gebückt da und hält sich am Lappen fest.

»Schau mich an, Mila«, sagt der Vater und sie richtet sich auf und sieht es: Der Vater ist kleiner, schmäler geworden, seit er am Klavier gesessen hat, er ist jünger, als sie sich jemals an ihn erinnern kann. Der Vater legt etwas auf den Tisch, sein Blick folgt seiner Hand. Dann dreht er sich zur Wohnzimmertür und geht wieder hinüber. Er geht auf Fußspitzen. Er versucht, keine Spuren auf dem frisch gewischten Boden zu hinterlassen. Draußen dröhnen die blechernen Vögel.

Auf dem Küchentisch liegt der Schulschlüssel, den Mila dort im Schloss stecken gelassen hat.

(Eltern)

Liebe Kinder,
wir haben es euch doch versprochen: Wir werden in unser Land zurückkommen. Jetzt ist es so weit. Wir kommen. Noch nicht ganz zu euch, aber fast. Wir haben sogar Arbeit gefunden, in unserer Stadt. Da, wo ihr immer Geld abholt, und wo wir, bevor wir gegangen sind, euer Spielzeug gekauft haben. Wir kommen euch sicher bald besuchen. Jetzt müssen wir hier erst einmal einiges erledigen. Damit wir unsere Arbeit gut machen können, dürft ihr uns nicht besuchen kommen. Wir werden in der Stadt wohnen. Sonst wären wir immer unpünktlich in der Arbeit. Wenn wir alles geklärt haben, dann kommen wir zu euch für ein paar Tage. Bis dahin müsst ihr weiter gut auf euch Acht geben.

Wir erzählen euch eine wahre Geschichte: Als wir Kinder waren, gab es Krieg. Nicht so ein kleiner Konflikt wie jetzt, sondern einen richtigen Krieg. Ihr kennt es doch auch, das Nachbardorf? Das Dorf mit dem zerstörten Teil, mit den Bäumen, die aus den Dächern wachsen. Da kämpfte die eine Hälfte vom Dorf gegen die andere, und heute stehen nur noch die Ruinen. Niemand ist mehr in diesen Teil des Dorfes gegangen, seit die Männer, Frauen, Kinder und Alten gegen die anderen gekämpft haben. Zur Unterstützung der nicht zerstörten Dorfhälfte kamen Soldaten. Die anderen hatten nur selbst gebastelten Sprengstoff und Messer und sie haben so lange gegen die Soldaten gekämpft, bis keiner mehr von ihnen übrig war. Auch viele Soldaten sind gestorben, und das Dorf, das heute noch bewohnt ist, hat die verletzten Soldaten versorgt. Die Soldaten verteilten Minen in der kaputten Dorfhälfte, damit nie mehr jemand diesen Teil des Dorfes betritt. Die Toten begruben sie auf der Wiese zwischen unseren Dörfern. Dort legten sie auch Minen. Deshalb hatten manche im Dorf nur einen Arm oder eine Zehe war ab oder der ganze Fuß. Diese Leute sind damals in eine Mine getreten. Minen sind gefährlich. Am besten ist es, wenn ihr nicht ins Nachbardorf geht. Wir wissen nicht, was dort los ist. In diesen Zeiten weiß man nie. Es ist am besten, wenn ihr einfach im Dorf bleibt und euch ruhig verhaltet. Macht am Abend die Lichter aus. Schreit nicht laut herum und wenn Fremde kommen, dann versteckt euch. Und geht nicht zum Weiher. Im Weiher ertrinkt man.

Eure Eltern

(Wir)

Wir fahren in die Stadt. Wir besuchen unsere Eltern. Sie sind dort und haben endlich Arbeit in unserem Land, in unserer Stadt gefunden. Wir überraschen sie. Dazu spannen wir ein Pferd vor den Wagen. Das Pferd ist geduldig. Wir holen von der Bank in der Stadt immer Geld. Heute machen wir das das letzte Mal. Bald sorgen wieder unsere Eltern für uns. Heute spielen wir Bankräuber und haben unsere Spritzpistolen in unsere Gürtel gesteckt. Das Pferd ist langsam. Wir zählen die Bäume am Straßenrand. Wir genießen die Fahrt. Das gleichmäßige Auftreten der Hufe auf der Straße, das knirschende Geräusch unter den Rädern. Es schläfert uns ein. Wir spüren keinen Fahrtwind in unseren Gesichtern. Die Luft ist trotzdem angenehm.

Seit die Erwachsenen angefangen haben zu gehen, gibt es nur noch einen Mitarbeiter in der Bank. Weil die Erwachsenen wiederkommen, wird die Bank sicher wieder eine richtige Bank mit vielen Angestellten. Herr Novak ist immer mittwochs bis zwei da. Meistens sitzt er hinter seinem Schalter und wartet auf Kundschaft. Wir sind seine Kundschaft. Hin und wieder hat sein Telefon geläutet und unsere Eltern haben angerufen, sie haben gesagt, wer von uns Geld abheben darf. Sie haben uns ganz genau beschrieben. Sie haben ihm von einem Muttermal am rechten Unterarm erzählt oder einer Verbrennung am Fuß, die uns wegen einer Unvorsichtigkeit, einer heißen Pfanne, die hinuntergefallen ist, auszeichnet. Wenn wir dann in die Bank gekommen sind und gesagt haben, wer wir sind, hat uns Herr Novak gefragt, ob wir ein Muttermal haben oder eine Verletzung am Fuß. Wir haben sie ihm gezeigt. Mit dem Geld von Herrn Novak sind wir zur Grimmeisen gegangen und haben uns Gummischlangen gekauft. Herr Novak hat immer kurz geseufzt, bevor er den Schlüssel in die Kasse gesteckt und sie geöffnet hat. Er hat uns genau so viel Geld gegeben, wie es ihm die Eltern befohlen haben. Wir haben noch nie mehr oder weniger bekommen. Das wird ab heute nicht mehr nötig sein. Wir gehen ein letztes Mal und nur zum Spaß zu Herrn Novak.

Wir steigen vom Wagen herab. Wir lassen die gelb-rot-grünen, die orange-durchsichtigen Pistolen beim Pferd. Wir nehmen nur die mit, die aussehen wie echte Pistolen. Auf der Straße werfen wir lange Schatten wie richtige Cowboys. Das Pferd binden wir an einen Baum. Wir sehen keine Menschen und es ist still. Wie in einem dieser Filme fühlen wir uns, in denen alle in ihren Häusern bleiben, die Fensterläden vor den Banditen schließen. Die Tür in die Bank schwingen wir auf und lassen sie hinter uns laut ins Schloss fallen. Herr Novak weiß nicht, wer wir sind. Wir richten die Pistolen auf ihn, aber er erschrickt nicht. Eigentlich wollten wir nur einmal echt viel Geld in der Hand haben. Wir wollten uns wie die Erwachsenen fühlen. Herr Novaks Mund verzieht sich nicht, seine Augen zucken nicht einmal. Wir sehen nicht, dass Herr Novak Angst vor uns hat. Er zieht seine Mundwinkel sogar etwas nach oben und seine Augen leuchten belustigt. Lachend hebt er die Arme nach oben. »Kinder«, sagt er noch. Wir nehmen unsere

Hände vom Kolben. Wir rennen auf seinen Schalter zu. Wir rutschen aus auf dem glatten Boden, wir fangen uns, wir stoßen Herrn Novak hinter seinem Schalter um. Wir schlagen ihm in den Bauch. Wir zerren an seinem Schlüsselbund. Wir treten ihm ans Schienbein, wir kratzen ihm ins Gesicht, wir beißen in seine Arme. Wir suchen den richtigen Schlüssel für die Kasse. Wir stecken jeden Schlüssel in den kleinen Schlitz und versuchen das Schloss zu drehen. Wir erwischen Herrn Novaks Hals. Wir drücken ihm die Luft ab. Herr Novak wird blau. Da lassen wir ihn los. Wir nehmen das ganze Geld aus seiner Kasse.

Mit dem Geld kaufen wir uns eine Burg oder neue Puppen und wenn es reicht, dann beides. Im Winter werden wir uns einen Christbaum ins Wohnzimmer stellen und Geschenke darunterlegen. Wir werden eine schöne Bluse für die Mutter, eine teure Zigarre für den Vater kaufen. Es wird nach gebratener Gans riechen und der Esstisch wird mit Kerzen beschienen sein. Mit dem Geld laufen wir zum Spielzeuggeschäft. Unsere Schatten sind lang und dunkel. Die Tür des Geschäfts ist zu. Hinter der Tür ist ein Vorhang. Wir finden kein Schild mit Öffnungszeiten. In der Auslage sitzen drei Marionetten mit Karo-Muster und welche mit roten Nasen hängen von der Schaufensterdecke. Dahinter ist ebenfalls der Vorhang zugezogen. *Zu vermieten* steht auf einem kleinen Schild zwischen den Beinen eines Marionetten-Clowns. Wir schauen in die Schaufenster der anderen Läden. Wir sehen nirgends Öffnungszeiten, überall Vorhänge, heruntergelassene Rollos. Wir drücken den Klingelknopf neben einem vertrauten Namen in einem Türstock. Es öffnet niemand. Wir drücken alle Knöpfe an allen Türen in der Spielzeugladenstraße. Es geht keine Tür auf, die Fenster in den Wohnungen sind leer, es gibt kein Licht dahinter und keinen Geruch nach Essen. Dann geht eine Tür auf. Wir fragen den alten Mann, wo unsere Eltern sind. Wir nennen ihm unsere Namen, die Namen unserer Eltern. »Hierher kommt niemand zurück«, sagt der Mann. »Von hier gehen die Leute doch fort.« Wir laufen mit dem Geld zum Pferd, binden es los, suchen die Peitsche, damit es schneller mit uns davonfährt. Wir sehen Herrn Novak, wie er die Bank mit zittrigen Händen abschließt.

(Pfarrer)

Liebe Dorfgemeinschaft,
Gottes Wege sind unergründbar und bis zum heutigen Tag war alles, was ich getan habe, so ausgerichtet, dass ich zumindest geglaubt und gehofft habe, in Einstimmung mit dem Höchsten oder zumindest im Sinne seines Sohnes zu handeln. Nun ist es leider so, dass das, was in den Augen des einen richtig erscheint, in den Augen eines anderen das Falsche sein kann. Lange habe ich deshalb mit dieser Entscheidung gerungen. Nun steht sie fest und der Brief erreicht euch wohl schon aus der Fremde. Ich habe mich so gut ich konnte verabschiedet, doch nicht an alle eure Türen geklopft. Es mag sein, dass ihr mir zürnt, dann tut es, aber wisst, dass ich nur unserem Höchsten diene und den Menschen auf dem Schlachtfeld des Lebens eine Hilfe sein will. Ihr, die ihr noch ausharrt, werdet auch bald euer Zuhause verlassen, und unsere Kirchenbänke sind dann endgültig leer, denn wie wir alle wissen, geht es nicht gerade bergauf mit unserer Gegend. Sicherlich habe nicht nur ich es bemerkt, wie still und einsam es in unseren Dörfern geworden ist, und selbst die Kirche, die mich zu euch, meinen Schafen, geschickt hat, hat Kollege um Kollege abgezogen, bis ich schließlich für ein Gebiet zuständig war, so groß wie sonst ein ganzes Bistum. Ich kann nur so viel versprechen: Wenn es mein Dienst zulässt und ihr noch da seid und ich entbehrlich bin, werde ich hin und wieder zu euch kommen, um mit euch einen anständigen Gottesdienst zu feiern.

Bis dahin wünsche ich euch Gottes Gnade und Gottes Segen, möge Er über euch seine schützende Hand halten.

Gezeichnet

Euer treuster Diener

(Wir)

Der Pferdegroßvater fürchtet uns. Wir fürchten ihn. Er erkennt niemanden mehr. Er sperrt die Kinder manchmal ein. Er kann sich nicht an seinen eigenen Namen erinnern. Er schlägt dann um sich, wenn man ihn danach fragt. Er ist der, der manchmal im Weiher badet, und wenn ihn einer von uns erwischt, tauchen wir seinen Kopf unter Wasser und halten ihn unten. Er ist dumm geworden und die anderen alten Leute murren, dass er endlich den Löffel abgeben soll. Seine Enkelkinder haben schon letzten Herbst versucht, ihn in der Stadt abzugeben. Mit einem Pferdewagen sind sie dorthin gefahren. Sie sind mit einem Lächeln und ohne den Großvater zurückgekommen. Am nächsten Tag haben wir ein Auto ins Dorf kommen hören und der Großvater hat mit Handschellen auf dem Rücksitz gesessen. Heute findet er nicht nach Hause. Er geht von Haus zu Haus und versucht die Türen zu öffnen. Wir schleichen ihm nach. An seinem Haus angekommen, schüttelt er nur den Kopf und geht weiter. Wir hören seine Enkelkinder von drinnen schreien. Wir laufen hinein, suchen die Kinder, finden eine Tür, in der ein Schlüssel steckt, öffnen sie, die Kinder kommen heraus. Wir rennen dem Großvater nach, zerren, schlagen und drängen ihn in sein Haus und fesseln ihn.

Auf den Wiesen ist das Gras hoch gewachsen. Wir verstecken uns darin. Wir machen große Sprünge in der Wiese. Vom Weg aus sieht man uns nicht. Als es noch viele Erwachsene hier gab, haben sie das niedergetrampelte Gras entdeckt und geschimpft. Wir sitzen im Gras und hören die Fliegen und Bienen. Es gibt Fliegen, die in der Luft stehen können. Wir versuchen sie zu fangen. Vorsichtig schließen wir die Hände über ihnen. Sie sind zu schnell. Unsere Hosenböden werden feucht. Wir warten hier auf den Pfarrer. Wir wollen ihn erschrecken. Hin und wieder, hat der Pfarrer versprochen, wird er hierherkommen. Er hat gesagt, dass man wichtige Dinge öffentlich machen muss. Moses stellte seine steinerne Tafel in die Mitte der Geflüchteten und Luther schlug seine Regeln an die Kirchentür. Der Pfarrer kommt zu Fuß, wenn er kommt. Wir haben ihm von Anfang an nicht geglaubt. Er lügt sicher genauso wie die anderen Erwachsenen, wie unsere Eltern: Sie kommen nie wieder. Sie sagen uns nicht, wo sie wirklich sind. Wir fanden seine Geschichten schon immer seltsam. Wer nimmt denn freiwillig ein Kind auf, dass in einem Binsenkörbchen angeschwommen kommt? Wer lässt alle Kinder töten, um zu verhindern, dass einer kommt und König wird? Der Pfarrer hat bestimmt gelogen. Wir warten, ob er doch noch kommt. Wir nehmen das Gras zwischen Daumen und Zeigefinger. Wir reißen an den Blüten vom Bärenklau, klauben uns die Tierchen von den Oberschenkeln und suchen hinter unseren Ohren, unter den Achseln, in den Kniekehlen nach Zecken. Wir ziehen die Beine an und wärmen den einen Fuß mit dem anderen. Die Wiese wirft keinen Schatten mehr, die Sonne steht tief. Wir erkennen die Gesichter der anderen, die um uns sitzen, nicht mehr richtig.

Wir gehen im Gänsemarsch ins Dorf zurück. Wir treten auf keine Mäuse, Schlangen, Schnecken. Wir warten noch ein bisschen auf dem Dorfplatz. Es ist kalt und unsere Kleidung ist feucht und steif. Wir holen Holz und machen ein Lagerfeuer neben dem Brunnen. Von der Litfaßsäule kratzen wir ein altes Plakat. Die Litfaßsäule wird nicht mehr benutzt. Das letzte Mal hat der Pfarrer etwas daran geklebt. Auf die Rückseite des Plakats schreiben wir. Wir schreiben unsere Regeln auf. Auf einen roten Zettel hat der Pfarrer seinen Abschiedsbrief geschrieben. Wir haben ihm nicht geglaubt. Der Pfarrer kommt nicht mehr. Wir sündigen nicht. Unsere Regeln sind fair. Wir lesen sie laut vor, damit sie jeder versteht. »Wer beißt, schlägt oder kratzt, wird bestraft. Wer sein Haus nicht sauber hält, seine Geschwister und Großeltern nicht gut versorgt, wer lügt und stiehlt, wer nicht ordentlich und pünktlich und gerecht ist, wird bestraft. Die Strafen dürfen alles sein außer Schlägen. Die Jüngeren gehorchen den Älteren. Sie wissen schon mehr.« Unsere Regeln hängen an der Litfaßsäule zwischen den alten Plakaten, auf denen noch Jahreszahlen zu sehen sind, an die sich keiner von uns erinnern kann.

(Wirtin)

Ich habe das Dorf verlassen. Erst spät bin ich gegangen. Noch sind die Alten zu mir gekommen, noch habe ich ihnen meinen Wein verkaufen können und mein Bier wurde auch getrunken. Dann haben einmal, es muss im Winter gewesen sein, oder im Frühling, weil die Bäume noch kahl waren, die beiden auf der Schwelle gestanden. Juri heißt der eine und sein Freund. Sie haben schon Muskeln und auf der Oberlippe einen Flaum. Sie tun schon fast so, als wären sie richtige Männer. Das sind sie natürlich noch nicht. Sie haben immer noch diese traurigen Augen, die alle Kinder im Dorf haben. Sie sind nicht älter, als ich es war, als man mich zur Hure gemacht hat.

Die jungen Leute trinken, das weiß ich. Überall auf dieser Welt machen sie das und wenn sie nicht trinken, dann nehmen sie anderes Zeug, das ist mir klar. Ich habe auch immer ein gutes Auskommen gehabt in meinem Dorf. Ich habe wahrscheinlich zu den Reichen gehört. Einmal im Monat ist der Lieferant gekommen, von dem ich das Bier bekommen habe. Auch der Lieferant war bei mir Kunde. Er war ein netter Mann. Er hat danach immer mit mir geredet. Seine Frau wollte er nicht mehr. Er hat auch nie schlecht von ihr geredet. Das Reden hat ihn am Anfang auch etwas gekostet, später habe ich ihm nur mehr die Stunde im Bett berechnet. Das Reden ist nicht bei allen das Wichtigste, aber bei vielen. Der Schmied zum Beispiel wollte nie reden. Dem ist es um meine Brüste gegangen, und wenn er sie genug geknetet und daran gesaugt hat, ist er nach Hause gegangen. Die Leute aus dem Dorf waren einsam oder besoffen oder beides. Wer nicht bezahlt hat, der hat auch so lange nicht mehr in mein Gasthaus kommen dürfen, bis er gezahlt hat. Die meisten haben irgendwann gezahlt. Ich habe nie gefragt, woher das Geld kommt. Ich habe auch nie gefragt, warum sie den Schnaps oder das Bier oder den Wein brauchen, warum sie es mit mir heute von hinten treiben wollen. Solange sie bezahlt haben, habe ich ihnen gegeben, was sie wollten. Wenn einer zweimal nicht bezahlt hat, habe ich ihn nicht mehr zu mir gelassen. Einmal war einer so penetrant, dass ich zur Anni gelaufen bin. Sie hat ihm gezeigt, wo der Hammer hängt. Anni war fast eine Freundin für mich. Es war traurig, als sie ging. An ihrer Stelle wäre ich schon längst auf und davon. Auch wenn sie nie zu mir gekommen ist, habe ich sie wirklich mögen. Anni hat ihren eigenen Schnaps gebrannt. Einmal habe ich ihr einen abgekauft, aber die Leute haben mir davon zu schnell unter dem Tisch gelegen und nichts anderes mehr trinken können. Ab da habe ich wieder meinen eigenen Gebrannten verkauft. Auch Liköre hat es bei mir gegeben. Marillen-, Kirsch- und im Winter Eierlikör. Alle sind zu mir gekommen.

Ich habe nicht mehr mitbekommen, was die Kinder gemacht haben. Als ich noch dort war, da lief noch alles normal. Die Kinder haben mir Flusskrebse gebracht, die ich für sie und die Gäste gekocht habe. An diesem einen Tag, das muss ich zugeben, da konnte ich schon was ahnen. Ich habe mich selbst wahrscheinlich gerettet, indem ich gegangen bin. Sicher sogar, denn in meinem heutigen Leben weiß ich, wie ich meine Rechnungen bezahle und wo ich meine Kleidung kaufe und mein Trinken herbekomme. Ich meine aber auch, dass ich mich vor den Kindern gerettet habe, und an dem Tag wusste ich das. Da standen Juri und der andere in der Wirtshaustür. Hinter ihnen war die Abendsonne am Untergehen. Es sah richtig verwegen aus, wie in diesen alten Filmen. Kinder sind sie und ich kann mich noch erinnern, wie klein sie einmal waren, wie unschuldig und einsam. Ich wollte nicht, dass sie ihre Einsamkeit, ihren Frust und ihre Ziellosigkeit in meinem Wein, in meinem Bier ertränken, mit meinem Schnaps bekämpfen, wie alle anderen im Dorf. Sollen sie ihren Trost doch woanders finden. In den Kellern steht sicher noch der Wein von ihren Großeltern, und es gibt genug Mädchen im Dorf, die sie bekommen können, vielleicht sogar, ohne dafür bezahlen zu müssen. An diesem Abend habe ich beschlossen zu gehen. An diesem Abend ist es mir klar geworden: Ich muss gehen. Nicht für mich, sondern für die anderen. Meinen Wein, mein Bier, meinen Schnaps, meinen Körper bekommt niemand mehr in diesem Dorf, um sich daran zu trösten.

(Wir)

Wir organisieren uns. Wir schreiben einen Plan. Den Plan hängen wir neben unsere Regeln an die Litfaßsäule auf dem Dorfplatz. Jede Woche ist ein anderes Kind mit einer Aufgabe an der Reihe. Das Kind muss mindestens sieben Jahre alt sein. Eine Aufgabe ist Brot zu machen. Den Teig für das Brot muss man kneten und gehen lassen. Wir geben Mehl, Wasser und Salz und Hefe in den Teig. Manchmal auch Kümmel. Der Beutel mit Kümmel ist uns einmal aus den Händen gerutscht. In den Ritzen zwischen den Schubladen, zwischen den Küchenplatten finden wir noch immer die langen Körner. Sie schmecken nach nichts.

Zu unseren Aufgaben gehört auch, die Ställe zu säubern, die Kühe zu melken, die eitrigen Euter zu behandeln. Eine andere Aufgabe ist die Einhaltung unserer Regeln zu überwachen. Das Kind beobachtet alles. Es darf in dieser Woche nicht mitspielen, es muss am Rand stehen und zusehen, was wir anderen machen. Es soll gerecht urteilen, wenn es unterschiedliche Ansichten gibt.

Noch eine Aufgabe ist zu putzen. Das machen wir immer am Samstag. Dafür bilden wir Putzkolonnen. Wir kehren mit Besen. Wir geben Wasser in Eimer, wir leeren Putzmittel dazu. Wir wischen damit die Böden. Wir überwachen uns. Es gibt Böden, die schon lange kein Wasser mehr gesehen haben. Wir haben uns auch für diese Kinder, die ihre Häuser nicht sauber halten, Strafen ausgedacht. Sie müssen zwei weitere Häuser zusätzlich zu ihren Häusern putzen. Wir sollen auch immer an einem Samstag waschen. Unsere

Hosen und Röcke, unsere T-Shirts haben Grasflecken und wir reiben lange daran herum. Grasflecken sind grün und hartnäckig. Wir haben für die Flecken Gallseife und jeder bekommt ein Stück davon. Dann schalten wir unsere Waschmaschinen an. Jedes Haus darf zweimal waschen. Einmal helle Wäsche und einmal dunkle Wäsche. Die Waschmaschinen brauchen nicht so lange. Wenn sie das Wasser abgepumpt haben, dann öffnen wir ihre Bullaugen und greifen in die nasse, duftende Wäsche. Wir geben sie in Körbe und im Sommer hängen wir sie draußen auf. Wir müssen die Wäsche sorgfältig ausbreiten, damit sie schneller trocknet. Wenn wir sie nur unachtsam über den Wäscheständer werfen, beginnt sie zu stinken. Mit den Waschmaschinen geht es ganz einfach. Nicht alle haben eine. Es ist wie mit den Großmüttern und Großvätern. Wir wollen sie tauschen. Eine Stunde Großmutter gegen eine Stunde Waschmaschine. An eine Großmutter kann man sich anschmiegen, eine Großmutter freut sich, wenn wir ihr eine Blume bringen, und lacht, wenn wir etwas sagen. Eine Großmutter streicht uns über den Kopf und legt sich am Abend in unser Bett, wenn wir nicht schlafen können. Eine Großmutter weiß, wie viel Löffelchen von dem Pulver in das Fläschchen für das Geschwisterchen gehört und wie warm das Wasser sein muss. Eine Großmutter kennt alle Tuben, in denen Creme ist, die gegen wunde Hintern hilft, und wie oft man Windeln wechselt. Eine Großmutter stellt Honigbrote auf den Tisch, wenn wir zwischendurch hungrig sind. Eine Großmutter vergisst nie, dass es Zeit zum Frühstücken, zum Mittagessen, zum Abendessen ist.

(Wir)

Am Dorf vorbei fließt unser Fluss. Wir können an fast jeder Stelle auf den Grund schauen. In unserem Fluss gibt es Krebse. Wir fangen sie. Zum Fischefangen gehen wir zum Weiher. Es ist einfacher, einen Fisch aus dem Weiher zu fangen als aus dem Fluss. Da, wo der Fluss noch seicht ist, heben wir Steine hoch und fangen Krebse. Wir stehen mit nackten Füßen im Wasser, unsere Hosen und die Hosen unserer Geschwister krempeln wir hoch. Die Röcke stecken wir in unsere Unterhosen. Die Hosenbeine, die Rocksäume rutschen uns hinunter und ins Wasser. Sie saugen sich mit Wasser voll. Heute ist es zu kalt, um im Weiher schwimmen zu gehen. Deshalb sind wir hier. Wir bleiben im Wasser. Wir spüren die Kälte an unseren Beinen. Unsere Hände bilden Schalen, wenn wir einen Krebs gefangen haben. Vorsichtig waten wir ans Ufer. Dort stehen alte Suppenschüsseln. Darin halten wir unseren Fang gefangen. Wer die meisten Krebse hat, hat gewonnen. Ein großer Krebs zählt wie zwei kleine. Als es noch das Wirtshaus gab, haben wir die Krebse dorthin gebracht. Die Wirtin hat sie zubereitet und wir haben immer etwas davon gegessen. Jetzt lassen wir die Krebse frei, wenn wir lange genug mit ihnen gespielt haben. Manchmal verliert ein Krebs seinen Panzer. Daran sterben sie oft beim Spielen. Wir schmeißen auch die toten Krebse ins Wasser zurück. Wir haben gesehen, dass ein toter Flusskrebs von den anderen Krebsen aufgefressen wurde. Sie haben ihn dabei in Stücke gerissen und mit ihren Scheren haben sie die Stücke in ihre winzigen Mäuler geführt. Die Krebse müssen sehr hungrig gewesen sein. Auch wir wissen, wie das Loch im Bauch sein kann. Wir kennen das Stechen auf der linken Seite, wenn wir vergessen haben, dass wir etwas essen müssen. Wenn wir dann in unsere Häuser zurückkehren, müssen wir erst etwas zu essen finden, müssen wir zuerst die Öfen anheizen, um im kochenden Wasser Nudeln weich werden zu lassen. Das unterscheidet uns von den Krebsen.

Uns wird immer kälter und kälter, während wir so am Fluss spielen. Und dann passiert es. Es passiert immer etwas. Heute ist es wirklich schlimm. Wir heben die Steine im Fluss hoch und suchen nach den Krebsen. Bis einer von uns schreit. Wir folgen seinem Blick und auch wir sehen es. Da liegt eine von uns im Wasser mit dem Gesicht nach unten und wir heben unsere Beine und wollen schnell ans Ufer kommen. Das Wasser spritzt uns ins Gesicht. Fast fallen wir hin auf den Flusssteinen. Wir stoßen unsere Zehen daran und laufen mit dem Schmerz weiter. Juri nimmt seine Schwester an den Füßen, streckt seine Arme aus und blitzschnell hängt sie mit dem Kopf nach unten. Juri schüttelt sie. Es sieht nicht gut aus, wie sie da herumbaumelt. Wir hören die Vögel, die heute ganz leise zwitschern, und wir hören das Wasser. Und dann endlich hören wir auch das Husten von Juris Schwester und wir sehen das Wasser, das aus ihr kommt. Kein Mensch aus unserem Dorf ist im Fluss ertrunken.

Manche von uns haben zu zittern begonnen. Wir sehen uns unsere Verletzungen an. Wir streichen mit dem Finger über die Schürfwunden, über die roten, blauen Flecken. Dann erst steigen wir aus dem Fluss und ziehen uns die Schuhe an. Die Wiese kitzelt uns. Wir gehen vom Fluss zum Dorfplatz. Hier ist es ganz leer und still. Als unsere Eltern noch da waren, saßen die alten Leute immer hier und haben auf Sonnenblumenkernen oder Kuchen herumgekaut und über die neusten Nachrichten aus dem Dorf getratscht. Sie haben unseren Eltern zugesehen, wie sie das Heu heimgefahren oder Schafe vorbeigetrieben haben. Auf dem Dorfplatz verlieren wir uns. Wir gehen jeder für sich nach Hause. Wir brauchen trockene Kleidung und wir fühlen uns auch ein bisschen wie die Krebse, die ihren Artgenossen gefressen haben. Das Krebsefangen hat uns hungrig gemacht. In unseren Küchen oder in unseren Vorhäusern hängen Uhren. Wir haben sie einmal alle abgehängt. Wir sind zum Dorfplatz gegangen und haben alle unsere Uhren gleich eingestellt. Jetzt herrscht unsere Zeit im Dorf. Es ist schon sehr spät, das sehen wir auf unseren beigen Keramikuhren, auf unseren lauten runden Plastikuhren, auf den Kuckucksuhren und den Wandpendeluhren. Um diese Zeit müsste es schon längst das zweite Mal etwas zu essen gegeben haben. Wir zünden das Feuer in unseren Öfen an. Wir warten, bis die Herdplatten davon heiß werden. Wir hängen unsere nassen Hosen, unsere nassen Röcke, unsere Strumpfhosen in der Küche auf, damit sie schneller trocken werden. Wir suchen in unseren Wäschekörben nach etwas nicht zu Schmutzigem, das wir noch anziehen können. Wir frieren noch immer.

(Mila)

Die Kinder haben aufgehört darüber zu sprechen, wann die Schule wieder geöffnet wird. Sie haben sich daran gewöhnt, dass sie schullos sind.

Mila will nicht auffallen, deshalb klettert sie über das himmelblaue Tor und fällt in den Hof. In ihrer Tasche ist der Schlüssel, den ihr der Vater gegeben hat. Mila darf den Schlüssel behalten, sie kann sich unbemerkt in die Schule schleichen. Nur die Spinne könnte dem Vater einflüstern, dass Mila den Schlüssel nicht haben darf. Sie könnte nah an sein Ohr gehen, die vordersten Füße in seine Ohrmuschel legen, bevor sie dem Vater flüsternd einredet, dass Mila damit nur Unsinn treiben wird.

In der Mitte des Hofes steht der Kastanienbaum mit seinen großen Blättern. Mila erinnert sich wieder. Sie haben sich an den Händen gefasst und einen Kreis gebildet. Sie sind um den Baum herumgetanzt. Das ist schon so lange her, damals war Mila vielleicht so groß wie die jüngere Schwester es jetzt ist, vielleicht sogar noch kleiner. Mila schaut durch die Fenster, schleicht sich an die Tür, obwohl sie niemanden sehen kann, versucht sie ganz leise und unauffällig zu sein, als sie den Schlüssel aus ihrer Tasche nimmt und aufschließt. Die Tür geht auf, sie knarzt ein bisschen. Mila erschrickt. Es ist kalt in der Schule, es riecht, wie es immer gerochen hat. In Milas Klassenzimmer öffnet sie ein Fenster, hört die Vögel draußen und setzt sich an ihren Platz. Die anderen Stühle hat sie auf den Tischen gelassen. Mila hört keine Stifte, die über das Papier kratzen, keine Stimmen aus den anderen Klassenzimmern, und es ist langweilig. Die Tafel ist sauber, niemand erklärt etwas. Niemand sitzt neben Mila und steckt ihr Zettel mit Nachrichten zu. Du hast geile Titten, stand da zum Beispiel und Mila blickte an sich herab. »Der ist für mich«, verdrehte ihre Sitznachbarin die Augen und schnappte sich den Zettel. »Mila, lass uns verschwinden«, stand einmal auf einem dieser Zettel, der endlich an sie adressiert war. Mila suchte denjenigen, der den Zettel geschrieben hatte, aber in der Klasse fand sie niemanden, der ihr ein Zeichen gab: »Ich wars!« Sie versuchte in den nächsten Tagen in die Hefte ihrer Freunde zu schauen. Im Vorbeigehen konnte sie nicht lange genug auf die Buchstaben schauen, um den Schwung vom V zu erkennen oder das zackige S wiederzufinden.

Hin und wieder fragte jemand per Zettel, sogar Juri: »Kannst du auf mein Geschwisterchen aufpassen, heute Nachmittag?« Und Mila tat es und bekam dafür von Juri einmal einen flüchtigen Kuss auf die Wange. Es war Milas erster Kuss und sie standen im Garten. Sie war erstaunt über die Schnelligkeit von Juri und das feuchte Gefühl auf der Wange. Mila wischte sich danach schnell ab, denn der Vater war zu Hause. Juri lief davon. Jetzt steht er rauchend bei denen, die bald gehen werden, weil sie alt genug dafür sind und hier keine Arbeit finden. Er pfeift Mila nach, wenn sie an ihnen vorbeigeht. Es gab eine Zeit, da hat mir Juri gefallen, denkt Mila, er war einer von denen, die mit den Mädchen um den Baum getanzt haben. Früher, denkt Mila, heute will ich es nicht mehr, denn es gefällt ihr nicht, wenn ihr nachgepfiffen wird. Trotzdem zieht Mila den Bauch ein, wenn sie an ihm und seinen Freunden vorbeigeht, und streckt ihre Brüste etwas heraus, die Schultern leicht nach unten und hinten gezogen. In diesen Momenten spürt sie immer, dass sie einen BH trägt. Juri kommt dann auch mal auf sie zu und erzählt ihr etwas. Als kleiner Junge war er scheu, hat sich manchmal sogar hinter seiner Großmutter versteckt, wenn jemand angefangen hat mit ihm zu sprechen. Einmal hat er Mila unten am Fluss einen Stein geschenkt, der in der Mitte eine Ablagerung hat, die wie eine Blume aussieht. Mila hat den Stein immer noch. Er ist schwarz, die Blume darin grün und beige. In der Schule haben Mila und Juri mehr miteinander geredet und manchmal auch Hausaufgaben zusammen gemacht.

Mila geht zur Tafel. Sie nimmt die Kreide aus der Schublade und macht einen langen, senkrechten Strich auf den rechten Flügel. Die Kreide kratzt über die Tafel, dann ist es wieder still. Draußen ist es dunkel geworden, nur die blechernen Vögel ziehen ihre Kreise und fliegen immer tiefer. Ihre Bäuche blinken. Irgendwann werden ihre Flügel das Dorf streifen und Mila, ihre Schwestern, den Vater mit seiner Spinne, die Kinder, den Schmied und den Fleischhacker, die Alten köpfen.

(Automechaniker)

Liebe Kinder,

da, wo ich bin, fahren die Autos ohne Treibstoff. Sobald ich mir eins dieser Wunderfahrzeuge leisten kann, komme ich euch besuchen. Noch ist es nicht so weit. Hier braucht alles sehr lange. Die Leute erzählen auch, dass es nicht gut ist, wo ihr seid, und dass es einen Konflikt gibt. Es ist nur ein Konflikt, zum Glück kein Krieg. In den Krieg müssten alle Männer, das weiß ich noch vom letzten Krieg, und damals war ich erst so alt, wie ihr es jetzt seid. Trotzdem: Man weiß ja nie, so ein Konflikt wird schneller zum Krieg, als man denkt, und solange der Konflikt dauert, werde ich deshalb nicht zu euch kommen und wahrscheinlich kann ich mir auch solange keins dieser Autos leisten. Denn wo ich bin, da ist es nicht so einfach. Deshalb sage ich immer, dass Kinder lernen müssen. Sie müssen lernen, damit aus ihnen etwas wird. Damit ihr euch einmal so ein treibstoffloses Auto kaufen könnt, müsst ihr das auch machen. Ich werde euch im nächsten Brief erzählen, wie diese Autos funktionieren, aber nur wenn ihr mir etwas versprecht: Ihr dürft nicht in die Häuser einbrechen. Ihr müsst mir das versprechen. Auch nicht in meine Werkstatt. Es sind nicht eure Dinge, die ihr dort findet, und wir werden alle wiederkommen und dann brauchen wir sie. So wie die Bienen vom Bürgermeister ihren Honig brauchen, wenn wir Menschen ihnen kein Zuckerwasser geben würden, genauso brauchen auch wir unsere Dinge, und ihr könnt sie nicht ersetzen, wenn ihr sie uns nehmt. Versprecht ihr mir das?

Euer Mechaniker

(Mila)

Die Kinder wissen es noch. Hinter dem Haus hält Milas Vater Bienen. Es seien nicht viele, hat er zu den Kindern gesagt, und Milas Vater kennt trotzdem nicht jede einzelne von ihnen. Fünf Stöcke stehen da und jeder Stock hat eine Königin, das fasziniert die Kinder. Nur hinein können sie nicht mehr in das Imkerhäuschen, denn ein Schloss hält die Bienen und ihren Honig dort gefangen. Es riecht nach warmem Wachs und ja, die Kinder riechen es auch deutlich, nach Honig. Sie stehen um die Hütte herum und haben nichts zu tun. Die großen Kinder fordern die kleinen dazu auf, einmal in die Löcher zu blasen, aus denen die Bienen kommen. Das soll Glück bringen, erklären sie, und Glück schadet ja nichts. Die Jüngeren stellen sich also in einer Reihe auf, fünf sind es, und sie warten auf das Kommando der Älteren. Die Älteren zählen bis drei. Sie werfen sich verstohlene Blicke zu. »Los«, rufen sie und die Kleinen lehnen sich nach vorne zu den Löchern und blasen ihre Backen mit der Luft auf, die sie aus sich herauspressen. Da kommen schon die ersten Bienen aus dem Stock. Es dauert nicht lange, da erkennen die Bienen, wer ihnen das antut, und sie fliegen geradewegs in die Gesichter der kleinen Kinder. Andere Bienen riechen, wo schon gestochen wurde, und auch sie fliegen dorthin, pressen den Stachel aus sich heraus und fallen auf den Boden vor den Bienenstöcken. Sie zucken noch ein paar Mal in der Wiese, bis ihre Körper ruhig liegen bleiben. So, wie die Bienen aus dem Stock geschossen kommen und in die Gesichter der kleinen Kinder stechen, so stellen sich die großen Kinder den

Konflikt vor, der hier irgendwo ist und der auf sie wartet. So werden auch sie angreifen, wenn es nötig sein wird, in so einer Schar werden sie herauskommen aus ihren Verstecken und dem Feind das Fürchten lehren.

Am Fenster steht Mila und schämt sich, dass sie so alt ist wie Juri, der gerade über die Kinder lacht, der sich jetzt auf die Schenkel klopft. Wie kann man nur so sein, will Mila rufen. Stattdessen starrt sie die kleinen Kinder an, deren Gesichter anschwellen. Die Schwester steht neben ihr.

»Roh werden wir aus Langweile«, flüstert Mila. Sie will zum Feuer gehen und nachlegen. Dann wird es Suppe geben, Brennnesseln wird sie sammeln und Löwenzahn und dann sollen alle eingeladen werden zu ihrer bitteren Suppe, die ihnen ihre verlogenen Zungen verbrennt.

Mila steht nur da, schaut auf die weinenden Kinder, auf die lachenden, die auch die Flucht vor den immer zahlreicher werdenden Bienen ergreifen und nicht links und rechts schauen, sondern durch den Garten vor den Bienen davonlaufen. Und erst da erwacht Mila aus ihrer Starre und sie läuft zur Hintertür und macht sie einen Spalt weit auf, sodass die langsameren und kleinen Kinder geradeso hindurchschlüpfen können. Und die Schwester rührt sich auch wieder und hat schon begonnen Zwiebeln zu vierteln. Und aus den Haaren zupfen sie den Kindern gemeinsam die halb toten Bienen, denen der Stachel und die Gedärme fehlen, ziehen die Stacheln aus den Kindergesichtern und Armen. Sie drücken den Kindern die Zwiebeln auf die roten Stichwunden. Sie geben ihnen zu trinken und es weint keiner mehr. Nur Mila rinnen still die Tränen herab, denn die letzte Ernte ist zertrampelt.

(Mila)

Mila schließt die Tür zur Schule auf. Sie ist nicht mehr so vorsichtig, wie sie es noch einige Tage zuvor war. Sie nimmt ein Stück Kreide in die Hand und schreibt ihren Namen auf die Tafel. Sie macht drei Schritte nach hinten und schaut sich den Namen an. Er ist kurz, ihre Schrift auf der Tafel ungelenk. Sie schreibt ihren Namen noch einmal hin. Sie geht nach hinten ins Klassenzimmer, prüft, ob man den Namen dort erkennen kann. Wieder an der Tafel wischt sie ihre Namen mit dem Ärmel der Jacke weg und beginnt zu schreiben:

Die Spinne, die dem Vater im Nacken sitzt, sie kann grinsen. Erst gestern habe ich ihr spöttisches Gesicht gesehen, habe ich gespürt, wie sie sich freut, wenn der Vater schreit. Der Vater ist gestern auf den Kamm einer Puppe getappt. Er hat geschrien, der rosa Kamm steckte ihm in der Wölbung des Fußes. Ich habe den kleinen Kamm aus seinem Fuß gezogen und gemerkt, wie sich sein Gesicht dabei verfinstert hat. Als er seinen Fuß nach hinten gezogen hat, habe ich mich weggeduckt. Der Vater hat innegehalten. Für einen Augenblick, glaube ich, hat er mich, überrascht von meinem Ausweichmanöver, angesehen, wie er es früher getan hat, mit einer Zärtlichkeit in den geröteten Augen. Ich bin aufgestanden und, ihn immer im Blick, rückwärts von ihm gewichen. Da habe ich die Spinne gesehen, die ihm im Nacken sitzt, wie sie ihn mit ihren haarigen Beinen am Hals gepikst hat, damit er doch noch anfängt zu schlagen. Dabei hat sie mich angesehen und ich habe ihn gefühlt, ihren Spott, dass sie es noch schaffen wird, den Vater auf mich zu hetzen.

Mila hat die ganze Tafel vollgeschrieben. Sie klappt die zwei Flügel zu.

Leise schleicht sie sich aus der Schule und schließt die Tür und das Tor ab. Draußen ist es dunkel und es riecht schon nach Winter, nach Schnee und Kälte. Keine blechernen Vögel sind zu sehen oder zu hören.

(Wir)

Wir sitzen auf der Wiese und kauen an den verwelkten Blättern. Wir haben uns etwas oberhalb des Dorfes positioniert. Wie das Militär sind wir hier stationiert. Wir sitzen genau dort, wo man ins Dorf zuerst hineinsieht, wenn man von woanders kommt. Der Fleischhacker hat seine Abwanderung gestern verkündet. Wir haben am Brunnen auf dem Dorfplatz und Milas Vater hat neben dem Fleischhacker gestanden und hat bei dessen Worten mit der linken Schuhspitze den groben Schotter hin und her geschoben. Wir haben alle auf den nächsten Abschied gewartet. Nur hat uns Milas Vater verunsichert, der dieses Mal keinen Widerspruch eingelegt hat. Auch sonst hat es niemand übernommen, ihn zu bitten, doch zu bleiben. Die Großeltern haben sich das Muster angesehen, das unser Bürgermeister in den Boden gezeichnet hat, und haben dazu genickt.

Jetzt sitzen wir hier. Gemeinsam sind wir die steile Böschung hinaufgeklettert, haben uns an den Ästen von Sträuchern und Bäumen festgehalten, um nicht ins Dorf hinunterzustürzen. Das Haus vom Fleischhacker ist auf dem Dorfplatz und wir können genau beobachten, was er macht, und von hier sehen wir sogar in seinen Hof hinter dem Haus.

Wir schauen dem Fleischhacker zu, wie er alles im Kofferraum seines weinroten Autos verstaut. Wir sehen, wie ihm der Platz ausgeht und wie er anfängt, auch auf die Rücksitze Taschen voller Kleidung, Decken und Messer zu stellen. Dann schauen wir ihm zu, wie er jedes Fenster und jede Tür in seinem Haus prüft, ob sie dicht und von außen geschlossen sind.

Wir sind still geworden, während wir schauen. Wir stehen nur hin und wieder auf, suchen uns neue rote, orange, gelbe Blätter. Es gelingt uns nicht mehr, schöne, ganze, nicht zerfressene Blätter zu finden. Der Fleischhacker hat keine Eile und auch wir haben nichts Besseres zu tun, als ihm zuzusehen. Wir vergessen, an unseren Blättern herumzukauen. Der Fleischhacker hat keine Frau und keine Kinder. Er wird nur ein leeres Schaufenster hinterlassen. Wir werden jeden Tag daran vorbeigehen und uns in der Scheibe spiegeln, hinter der er das Rollo mit dem Aufdruck »Frisches Fleisch – direkt von Ihrem Fleischhacker« heruntergelassen hat. Wir fragen uns, ob die Vitrinen noch immer an ihrem Platz stehen, nur dass die Kabel aus den Steckdosen gezogen sind.

Wir beobachten, wie er das Gitter öffnet, damit er sein Auto aus dem Hof fahren kann. Einer von uns räuspert sich, ein anderer hat die Knie angezogen und die Arme darauf gestützt und den Kopf auf die Hände gelegt. Er schaut dem Fleischhacker nicht zu und am liebsten würden wir es ihm gleich machen, aber da trifft ihn schon unsere Wut und er hebt den Kopf.

Wir sehen, wie der Fleischhacker in sein Auto steigt, es auf den Dorfplatz fährt, und wir sehen auch unseren Bürgermeister und die alten Leute, die sich dort versammeln. Der Fleischhacker steigt noch einmal aus und schließt das Gitter zu seinem Hof. Nirgends können wir seinen Hund sehen. Er langt sich kurz an den Kopf und bewegt dann seine Hand Richtung der kleinen Versammlung, als würde er salutieren. Er verabschiedet sich mit Handschlag vom Bürgermeister und der umschließt die rechte Hand des Fleischhackers mit seiner linken, als könnte er ihn mit dieser Geste zum Bleiben bewegen. Dann schaut sich der Fleischhacker noch einmal um, als fehlte ihm noch etwas oder als würde er sich alles genau einprägen wollen. Dann erst fährt er los und hupt ein einziges Mal, als er den Dorfplatz verlässt.

Wie auf ein Kommando springen wir auf und stellen uns auf die Straße, dem Fleischhacker entgegen. Es ist kalt und wir können die faulenden Blätter riechen. Wir hören schon sein Auto und wir verschränken die Arme. Der Fleischhacker kommt über den Hügel und sieht uns. Er verlangsamt das Auto. In seinen Augen können wir zuerst seine Freude und dann sein Erstaunen sehen. Keine seiner Bewegungen verrät uns, dass er einen Gang herunterschaltet und stehen bleibt. Das Auto kommt immer näher. Und gerade da geschieht es, dass einer als Erstes seine Arme aus der Verschränkung löst und sich an den Rand der Straße stellt. Wir tun es ihm mit gesenkten Köpfen gleich. So stehen wir plötzlich alle Spalier, anstatt den Fleischhacker daran zu hindern, wegzufahren. Und das Auto vom Fleischhacker wird doch noch langsamer und ganz vorsichtig bewegt er es durch unsere schweigende Reihe. Als es an uns vorbeifährt, heben wir kurz die Köpfe, um in sein Gesicht zu sehen, um auf dem Rücksitz seinen Hund ein letztes Mal zu grüßen. Der Rücksitz ist leer und der Fleischhacker sieht uns nicht an. Er hat seine Augen auf ein anderes Ziel gerichtet.

Jetzt gibt es nur noch den Schmied, die Alten und Milas Vater.

(Großmutter)

Es gibt eine Zeit zum Sterben und eine Zeit zum Leben. Meine Zeit zum Sterben ist schon längst gekommen. Aber was soll man tun, wenn man sieht, da gibt es noch ein Kind, es ist angewiesen auf einen. Es kann doch noch kaum laufen, es ist doch noch so klein. Und ich backe deshalb weiter Brot, obwohl ich so oft das Salz vergesse, das hineingehört. Irgendwann hört jede von uns damit auf, die Wäsche zu waschen. Ich hänge sie an die frische Luft, den Dreck rubble ich mit meinen Händen und anderen Kleidungsstücken von den Hosen, ich lasse die Grasfleckenkleider verschwinden, behaupte, dass sie zu klein geworden sind. Ich binde die Kinder in der Küche fest, damit sie mir zusehen, wenn ich koche, denn ich weiß nicht, wie lange ich noch für sie sorgen kann. Ich knie mich in den Garten und ernte Erdbeeren oder sammle Nüsse und schneide Gurken in Gläser. Ich koche alles ein, was ich einkochen kann, versuche alles, damit sie ohne mich auskommen werden. Ich zeige ihnen, wie man die Geschwister wickelt, und manchmal flüchte ich in die Speisekammer. Dort steht der Schnaps, den mein Mann gebrannt hat, und ich werde ihn hoffentlich noch leer trinken, bevor ich sie verlasse. Sie sollen ihn nicht in die Finger bekommen. Meine Enkelkinder sind frech und laut und wäre meine Tochter hier, sie würde ihnen schon zeigen, wo es langgeht. So übernehmen ich und der Teppichklopfer das immer öfter. Vielleicht ist es auch mein Alter, das mich ungeduldig werden lässt. Ich halte dieses Leben nicht mehr lange aus. Die Kinder sind furchtbar laut und doch: Sie haben nur mich. Mich allein. Meiner Tochter schreibe ich, dass sie zurückkommen muss, wenn ich nicht mehr bin. Alles hilft nichts. Kinder gehören nicht allein zurückgelassen. Obwohl diese Kinder im Dorf vielleicht ...

Ich will nicht, dass es meinen Enkelkindern geht wie Juri. Meiner Tochter wie Juris Mutter. Nicht, dass er nicht zurechtkommen würde, aber er ist ja auch viel älter als meine Kinder. Es ist furchtbar, dass die Mutter von ihm noch nicht weiß, dass ihre Mutter tot ist. Dass sie keine Ahnung hat, dass Juri allein in dem großen Haus wohnt, dass er uns die Stützstrumpfhosen bringt, wenn wieder ein Paket kommt. Lange halte ich es hier nicht mehr aus. Ich bin so müde, dass ich an manchen Tagen gar nicht aufstehen möchte. Mein Leben habe ich schon lange gelebt und ich weiß, dass ich nicht mehr in diese Welt gehöre. Ich brauche keinen zweiten Krieg mehr in meinem Leben, einen habe ich schon überlebt, diesen will ich gar nicht miterleben. Sonst will ich auch nichts mehr, was mir das Leben noch zu bieten hat. Die Kinder haben recht, wenn sie sagen, dass wir ins Gras beißen sollen.

(Wir)

Wir haben den Hund des Fleischhackers gefunden. Er hat so laut gebellt und gejault, dass wir irgendwann über das Gitter in den Hof des Fleischhackers geklettert sind und nach ihm gesucht haben. Der Hund vom Fleischhacker ist kein Hund zum Streicheln. Er fletscht die Zähne, wenn man ihm zu nahekommt. Der Fleischhacker hat ihn entweder in seiner Hütte vergessen oder einfach dort zum Verhungern gelassen. Wir haben im Hof des Fleischhackers nach Futter gesucht, aber wir haben keins gefunden. Und in unserem Dorf gibt es kein Geschäft mehr. Wenn wir einkaufen gehen wollten, dann müssten wir in die Stadt fahren. In der Stadt ist Herr Novak. In der Stadt gibt es vielleicht Polizisten, die uns suchen. In der Stadt haben die Geschäfte auch geschlossen. In die Stadt können wir nicht mehr fahren. Wir wollen auch gar nicht mehr einkaufen gehen. Normalerweise brauchen wir nichts. Es fehlt uns ja an nichts. Nur dem Hund fehlts an Futter. Unseren Eltern schreiben wir auch nicht. Sie lügen. Außerdem würde es dem Hund zu lange dauern, bis sie das Futter schicken. Er jault und bellt noch immer. Wir sind Hühnerdiebe. Wir können aus anderen Dörfern welche stehlen: Dann haben wir auch wieder frische Eier und gutes Fleisch und der Hund darf eine Henne jagen.

Wir sind am Dorfplatz. Wir sitzen auf dem Brunnen und unsere Hände spielen mit dem Wasser. Wir sitzen neben dem Brunnen, unsere Rücken lehnen an der kalten Mauer. Unsere Finger haben Grashalme, welke

Blätter oder Steine gegriffen und spielen damit. Eine flechtet einen Kranz aus Ästchen und Hagebutten. Wir überlegen uns einen Schleichweg ins nächste Dorf. Der bewohnte Teil des Dorfes liegt auf der anderen Seite des Flusses und es gibt nur zwei Brücken dorthin. Die eine Brücke ist nicht versteckt und alle würden uns sehen, wenn wir darüber spazieren und auf dem Marktplatz ankommen. Die zweite Brücke ist aus Holz und sie liegt versteckt. Um auf diese Brücke zu kommen, muss man durch die zerstörte, verminte Dorfhälfte. Wir haben schon einmal hinübergeblickt in das zerstörte Dorf. Wir haben die Einschusslöcher in den Häusern gesehen. Wir haben die Bäume gesehen, die aus den Fenstern und den kaputten Dächern der Häuser wachsen, und die Blumen, die zwischen dem Kopfsteinpflaster blühen. Es soll dort Minen geben vom letzten Krieg und außerdem wildgewordene Katzen. Jetzt werden wir sehen, wie wild die Katzen sind, wie gründlich die Soldaten bei der Verminung waren.

Zuerst gehen wir an unseren Häusern vorbei in den Wald. Wir reden, wir machen unsere Stimmen extra lauter, wir lachen so schrill, dass die Vögel vor uns davonfliegen. Die Äste der Nadelbäume, die Dornen der Brombeersträucher greifen nach uns, verfangen sich in unseren Haaren, graben sich in unsere Hosenbeine. Unter unseren Jackenärmeln und Hosen haben wir schon blaue und rote, sogar grüne Flecken und Schürfwunden vom Spielen. Die Blüten der Gräser sind schon vertrocknet, unsere Füße werden nass in der Herbstwiese. Es schwärmen keine Insekten mehr um uns herum. Von hier kann man schon das zerstörte Dorf erkennen, die Bäume, die nicht geordnet neben den Häusern, sondern aus ihnen herauswachsen. Die Häuser drängen sich aneinander und die Dächer berühren sich. Von hier könnte man glauben, dass noch Kinder in den Straßen laufen und die alten Menschen auf ihren Bänken sitzen, die Hand auf dem Stock, den Kopf auf die Hand gestützt, und etwas erzählen. Von früher und von der Landwirtschaft. Wir stellen uns vor, dass unsere Väter und Mütter dort hätten arbeiten können. Denn das Dorf war reich, das sieht man sogar von hier aus. Eine Krähe schreit und fliegt über die braungrüne Wiese. Wir gehen los.

Und dann sind wir tatsächlich alle über die Wiese gelangt und stehen auf der Dorfstraße oder was davon übrig ist. Diese hier war nicht aus Schotter. Sie ist aus Kopfsteinpflaster. Das Kopfsteinpflaster ist rötlich und dazwischen wächst Gras. In das Dorf kommt man durch einen Bogen in der Dorfmauer. In diesem Dorf sind die Häuser prächtiger und größer als in unserem gewesen. Das sieht man an den verzierten Hausmauern. Das sieht man an der Dorfmauer und an dem Bogen, durch den wir wie Könige einziehen.

Wir setzen unsere Füße in das verlassene Dorf. Wir fühlen uns großartig. Wir erobern ein neues Gebiet. Es riecht nach Winter und nach faulendem Obst. Der Geruch ist süßlich und erinnert uns an unser Dorf. In diesem Dorf herrscht die gleiche Zeit. Auch hier ist es Herbst geworden und wird es Winter und Frühling und Sommer und wieder Herbst werden. Wir sehen die Bäume, die durch zerbrochene Fenster und eingestürzte Dächer wachsen. Sobald wir das

Dorf durch den Bogen betreten haben, gehen wir im Gänsemarsch. Wir achten darauf, dass wir unsere Füße genau dorthin setzen, wo sie unser Vordermann hingesetzt hat. An das Vergehen können wir uns nicht mehr erinnern, jedenfalls ist die Strafe für das Kind an vorderster Stelle: mit einem Stock den Boden abzutasten, bevor es den ersten Schritt macht. Unsere Augen wandern an den Hausmauern hoch, suchen in den blinden Fenstern nach einem Lebenszeichen, sehen durch die Fenstermünder auf Holzböden, auf abgerissene Tapeten, auf umgeworfene Schränke und Glassplitter. Durch manche Dächer fällt Licht in die ehemaligen Küchen. Über manchen Herden hängen noch Milchtöpfe. Jedes Haus sieht aus, als wäre es durchsucht worden. An einer Wand sehen wir einen braunen Fleck auf Brusthöhe.

Dann knallt es. Wir hören nichts, sehen nur Vögel davonfliegen. Wir laufen los, über die morsche Brücke, blicken uns nicht um, mit geschlossenen Augen rennen wir an dem Krater vorbei, in den anderen, bewohnten Teil des Nachbardorfes, bleiben erst dort stehen, wo wir das kaputte Dorf nicht mehr sehen. Fast alle sind angekommen. Wir zählen uns. Wir sind nur mehr siebzehn. »Wir müssen jetzt wirklich Hühner holen«, sagen wir. Hier hören wir auch keine menschlichen Geräusche. Kein Klopfen eines Hammers oder das Klappern eines Tellers, der mit dem Löffel ausgekratzt wird. Niemand ist aus den Häusern getreten, um zu sehen, woher der Knall gekommen ist. Nur Vögel sind zu hören und der Fluss. Trotzdem verstecken wir uns zwischen Mauern. Von den Mauern bröckelt Putz. Wir schauen nur kurz hervor, um neue

Deckung zu finden. Erst dann laufen wir los und achten dabei darauf, auf keinen Ast oder eine Nussschale zu treten. Wir suchen Deckung hinter verrosteten Autos, legen unsere Hände auf den Lack und spüren die Kälte. So bewegen wir uns fast lautlos durch das fremde Dorf. Noch immer hören wir kein menschliches Geräusch. Wir versuchen nicht an die Explosion, an den Krater, an den Vordersten, an seinen Stock, an sein Zerreißen zu denken. Wir schleichen geduckt an Fenster heran und schauen hinein. In einem Haus steht ein Topf auf dem Herd. In einem anderen Haus brennt Feuer im Ofen. Wir sehen nirgends Menschen. Wir gehen um die Häuser herum, um Hühnerställe zu finden. Wir sehen, dass die Gärten noch bewirtschaftet werden. Wir werden unvorsichtig, gehen nicht mehr in Deckung und suchen uns keine Verstecke mehr. Wir sprechen laut miteinander und dann finden wir endlich einen Hühnerstall. Eingezäunt hinter einem grünen Gitter, auf einem erdigen, graubraunen Boden sind sechs Hennen und ein Hahn. Sie picken am Boden herum, gackern und sehen gut aus. Wir haben eine Gartenschere mitgebracht. Damit knipsen wir den Zaun auf, biegen ihn hoch und schlüpfen durch die Öffnung. Die Hühner gackern, der Hahn schreit. Wir binden ihnen die Füße und die Schnäbel zusammen und stecken sie in Jutesäcke. Wir müssen den Hühnern nachlaufen, um sie zu erwischen. Wir müssen in ihren Holzstall klettern, um sie alle einzupacken. Wir bewachen die Öffnung, damit uns kein Huhn entlaufen kann. Wir passen nicht mehr auf, ob es hier Menschen gibt. Wir gehen über die andere Brücke nach Hause. Wir haben Blutspritzer auf unseren Ärmeln. Die Hennen in den Säcken sind ruhig. Wir schauen zurück. Wir beten für das Kind im Krater. Es hat niemanden im Dorf, keine Großeltern, keine Geschwister. Ab heute machen wir keine Ausflüge mehr. Wir sind nur mehr siebzehn Kinder und Mila im Dorf. Niemand fragt uns nach dem verlorenen Kind. Wir werden es nicht mehr erwähnen.

Seit wir nur mehr zu siebzehnt durch das Dorf ziehen, riecht es schon im Herbst nach Frühling und an manchen Tagen im Sommer nach Winter. Seit es den Krater im Nachbardorf gibt, geschieht nichts Besonderes mehr. Wir können uns daran erinnern, dass das Kind Raureif mochte. Wir haben schon lange nicht mehr so einen Raureif gesehen, dass sich deshalb die Bäume Richtung Boden neigen. Dass der Wald aussieht, als wäre er mit Zuckerglasur überzogen, und man könnte überall hineinbeißen und es würde süß schmecken. Wenn es kalt ist, dann liegt der Tau nur wie ein Nebelschleier über den Wiesen. Wir warten nicht mehr freudig auf den Schnee und holen schon die Schlitten aus den Hütten, seifen schon ihre Kufen und suchen nach unseren Schlittschuhen. Stattdessen schlendern wir zum Weiher und sitzen oft den ganzen Tag am Rand und suchen nicht, ob es schon gefrorene Stellen gibt. Wir könnten es später noch tun oder morgen.

Seit das Kind im Krater geblieben ist, scheint die Sonne an manchen Tagen so grell, dass es uns in den Augen schmerzt, wenn wir unsere Augen in ihre Richtung bewegen. An diesen Tagen bleiben wir zu Hause und schließen die Fensterläden. Sie knarren, wenn wir sie bewegen.

(Eltern)

Liebe Kinder,
wenn wir an Spielzeuggeschäften vorbeigehen, wenn das Kinderlachen vom Spielplatz zu uns dringt, dann vermissen wir euch. Wir waren nicht immer gute Eltern. Wir haben euch geschlagen, wenn es sein musste, und es musste manchmal sein. Wir sind weggegangen, weil es sein musste. Trotzdem solltet ihr uns schreiben. Ihr stellt immer nur eure Forderungen in euren Briefen, dabei wollen wir wissen, wie es euch geht, was euch beschäftigt und nicht nur, dass ihr euch dieses oder jenes wünscht. Wir schreiben euch, wir erzählen euch Geschichten, wir teilen uns mit. Wir sehen die Augen der Kinder hier leuchten, wenn ihnen eine Geschichte erzählt wird, und wir wollen eure Augen auch zum Leuchten bringen. Und ihr solltet uns auch zum Lachen bringen, zum Leuchten. Wo bleiben denn eure Briefe? Wir haben schon lange keinen mehr bekommen. Was ist passiert? Wenn wir euch sehen, werden wir es herausfinden. Es wäre für euch besser, wenn wir es von euch gleich erfahren. Jetzt aber genug davon. Wir schicken euch Schokolade mit. Wir sind gute Eltern. Wir heben hier den verlorenen Ball auf und werfen ihn am Spielplatz wieder den Besitzern zu. Spielt ihr auch noch viel Ball? Wir schicken euch einen ganz guten Ball mit. Wir bauen Häuser aus Kuchen. Wir arbeiten mit, dass es hier die schönste Stadt der Welt wird. Die Straßen werden dann aus Schokolade und die Straßenlaternen aus Zuckerguss sein und es regnet nicht und die Sonne wird niemals so warm, dass die Schokolade schmilzt.

Dann riecht es gut in unserer neuen Stadt. Noch ist die Stadt nicht fertig. Wenn sie fertig ist, dann holen wir euch zu uns.

Eure Eltern

(Wir)

Wir haben uns auf die Lauer gelegt. Wir haben uns in die Büsche geschlagen und wir haben uns in den Gräben neben der Straße mit Blättern überhäuft und uns eingegraben. Wir haben uns unsichtbar gemacht, wir haben uns verstellt und versteckt, wir können so tun, als gäbe es uns gar nicht mehr. Und manchmal glauben wir es selbst, dass wir verschwunden sind. Wenn wir die Hände vor die Augen halten. Wenn wir ins Wasser tauchen und so lange unter der Oberfläche bleiben, bis unsere Köpfe fast blau sind. Wenn wir das Tuten des Besetztzeichens durch den Hörer hören und keine Antwort auf unsere Nachrichten bekommen. Wenn wir in der Nacht in unseren Häusern liegen und es draußen so still ist, dass wir nur die Geräusche der Tiere hören oder uns das Geräusch unseres eigenen Atems erschrickt. In diesen Momenten sind wir uns schon fast sicher, dass wir eines Tages verschwinden werden. Dass das Dorf und wir mit dem Dorf nicht mehr hier sein werden. Dass die Häuser zuerst nur ihre Farbe verlieren. Dass der Frühling einmal ausbleiben wird und dann der Sommer. Dass unsere Haut durchsichtiger werden wird, dass man unsere Adern erkennen wird darunter. Dass die Kühe keine Milch mehr geben werden und kein Auto mehr funktionieren wird, das uns noch fortbringen würde, und selbst die Stalltüren werden nicht mehr quietschen und die Vögel werden aufhören zu singen. Eines Tages wird es alles nicht mehr geben hier. Es wird langsam sein, dass wir verschwinden. Wir werden es fast nicht merken. Irgendwann sind wir alle nicht mehr hier. Wir nicht, unsere Geschwister nicht und das Dorf nicht und die Tiere nicht. Nichts wird mehr von uns übrig sein, nicht einmal ein verlassenes Dorf mit Löchern in den Häuserwänden und zerstörten Dächern. Wenn man dann durch den Wald fährt, durch den man in unser Dorf kommt, wird der Wald nur kurz lichter werden und die Leute werden ein seltsames Gefühl bekommen, wenn sie diese Lichtung sehen, während sie über diese Lichtung hinwegfahren. Dann wird der Wald wieder dichter werden und das Gefühl, als würde hier etwas fehlen, wird verschwinden und nicht einmal mehr eine Erinnerung sein.

Bisher versuchen wir, unser Leben aufrechtzuerhalten, und dazu gehört es auch, dass wir unsere Gesetze einhalten. Es riecht nach Erde und feuchtem Gras. Es kitzelt uns an den Wangen. Wo du nur steckst, fragen wir uns, warum du so lange brauchst heute. Ob du etwas ahnst davon, dass wir hier liegen und darauf warten, dass du wieder in das Haus gehst.

Auch wir stellen uns vor, in die Häuser zu gehen. Wir denken darüber nach, wie es dort riecht und was zurückgelassen wurde. Wie es wäre, wenn wir etwas mitnehmen würden aus diesen Häusern. Vielleicht eine Tasse, in die uns einer der Erwachsenen Kakao eingeschenkt hat, oder eine schöne Haarspange, die noch wie zufällig hingeworfen auf dem Brett unter dem Spiegel im Bad liegt. Oder vielleicht auch nur ein Stück Faden. Niemand hat es bisher gewagt und vor allem hat niemand Kleidung mitgenommen und den Schwestern angezogen. Heute ist der Tag gekommen. Wir werden sie zur Rede stellen. Sie wird bestraft werden müssen. Mila ist uns schon einmal entwischt. Hat schon einmal das Glück gehabt, dass wir sie entkommen ließen. Wir wollen sie wieder zurück. Sie war es immer, die mit den weinenden Kindern am Ende unserer Schar ging. Sie konnte uns trösten, indem sie Blümchen für uns pflückte und uns erzählte, wie sie heißen und wie sie schmecken. Manchmal durften die Kleinen auch mit zu Mila gehen und bekamen etwas zu essen. Heute lauern wir ihr auf. Heute wird sie büßen. Wir dulden keine Räuber, Verräter und keine Diebe in unserem Dorf. In unseren Händen halten wir Messer und Kohlepulver.

(Mila)

Mila zittert. Der gelbe Schuh liegt ein paar Meter weiter in einer Pfütze. Der Wind und der Regen peitschen Mila. Sie bückt sich und hebt ihren Kleiderhaufen auf. Sie drückt die nassen Sachen an sich. Es ist zu kalt für Herbst. Es gab eine Zeit, da verstand Mila nicht, warum Erwachsene über das Wetter reden. Mila zieht ihre Jacke aus dem Haufen. Sie legt sie sich um die Schultern.

»Diebin«, sagten sie. Da standen sie und bildeten einen Kreis. Da sagte niemand etwas davon, wie kalt es ist. Juri war der Erste, der sich umdrehte und zurück ins Dorf ging.

Mila schlüpft in ihre Schuhe. Ihre Füße sind nass und kalt. In der Entfernung sieht sie das Dorf. Aus den bewohnten Häusern steigt Rauch. Mila zieht es zu den verlassenen Häusern. Sie weiß, wo sich die Schlupflöcher befinden, wie man die Arme verrenken muss, um durch ein Loch hindurch den Schlüssel zu drehen, der noch in der Hintertür steckt. Sie weiß, welche Kellerfenster nicht mehr richtig schließen und wo die Spalten zwischen Stalltür und Boden hoch genug sind für ihren schmalen Körper. Jedes der verlassenen Häuser hat Mila schon betreten. Heute war Mila im Haus von Anni.

Annis Haus ist noch gespenstischer, seit sie und ihre Mutter nicht mehr dort wohnen. Schon zu den bewohnten Zeiten standen überall Flaschen, stapelte sich Geschirr, und Anni fluchte, weil sie in diesem Haus nichts mehr fand. »Dreckig und unaufgeräumt«, schimpfte Anni, wenn sie meinte, dass Mila sie nicht hörte, »wie du selbst, du Drecksvieh, sieh dich doch an!«

Mila steht da, schaut auf das Dorf und fragt sich, wo ihre Wut bleibt, ihre Scham, warum sie gar nicht weinen muss. Sie hat aufgehört zu zittern. Sie spürt nur die Kälte, die sich in ihre Haut frisst und brennt. Vielleicht ist es das, das Erwachsensein. Hier zu stehen, gedemütigt, und dabei nichts zu fühlen, nichts von dem, was Mila erwartet hätte. Zuerst diskutierten sie nur, Mila sagte: »Niemand mehr braucht die alten Sachen. Am wenigsten die Anni. Sie kommt nicht mehr.«

»Sie kommen wieder«, sagte eine. »Sie werden wiederkommen und dann hast du sie bestohlen.«

Niemand ist wiedergekommen. Manche Häuser sind seit Jahren ungeheizt und der Schimmel schleicht die Wände hinauf. Der Himmel über dem Dorf ist voller blecherner Vögel. Die Straße ist aus Schotter und die Häuser sind mit Wellblech geflickt. Niemand will zurück in dieses Dorf. Mila spuckt auf den Boden.

»Wer«, fragte Mila aus der Mitte des Kreises in den Kreis der Kinder, »ist denn wiedergekommen? Deine Mutter«, sie zeigte auf Juri, »oder deine Eltern?« Sie sah einen anderen an. »Sind sie nicht seit sieben Jahren fort? Du kannst dich gar nicht mehr an ihr Gesicht erinnern, so klein warst du, als sie gingen. Wer ist denn jemals wieder zurückgekommen von denen, ha?«

»Sie kommen wieder und holen uns. Sie haben es versprochen«, sagten die Kinder, »dieses Versprechen brechen sie nicht.«

Mila lachte. Sie lachte dieses Lachen, das die älteren Kinder früher gelacht haben, wenn Mila sie fragte, warum feucht so ein lustiges Wort sein soll. Sie lachte die Kinder aus: »Sie lügen sogar. In der Stadt sind sie nicht, oder?«

Juri zog an seiner Zigarette. »Kommt«, sagte er.

Mila geht zum Dorf. Sie presst ihren Rock, ihre Unterwäsche, ihre Strumpfhose, den Pullover an sich. Die Jacke ist innen nicht nass geworden. Von vorne spürt Mila den Wind auf ihrer Haut, den Regen, den der Wind in ihre Richtung bläst. Die Häuser vor ihr drängen sich zusammen, ducken sich unter den grauen Wolken. Die Bäume sind kahl und ihre dünnen Äste sind wie Stacheln in alle Richtungen ausgestreckt. Milas Füße sind schwer. So müde ist Mila, dass sie sogar den schönen gelben Schuh liegen lässt. Sie geht an ihm vorbei und hört das Knacken der Steine unter ihrer Sohle.

Der Schuh gehörte einmal der Mutter von Anni. Sie hörte sie fluchen und einmal sah sie die Alte mit den gelben Schuhen ins Bad huschen. Anni dagegen hatte ein lautes Lachen und kaputte Zähne. Mila mochte Anni. Sie strich ihr immer über den Kopf und seufzte: »Na, mutterloses Mädchen, kommst du wieder zu mir? Brauchst du wieder den Rat einer kinderlosen Jungfer?« Dann lachte sie und ihre Augen glänzten und Mila roch den Schnaps aus Annis Poren.

Anni stapelte die Zeitungen neben der Haustür. »Weil sie ja doch niemand mehr liest«, sagte sie und deutete mit der einen Hand Richtung Haus und klopfte sich mit dem Zeigefinger an die Stirn.

Im Winter holte Anni die Zeitungen als Anzünder in die Küche, dort blieben sie dann eine Weile, bis sie trocken waren. Anni mähte das Gras mit der Sense, jätete das Unkraut, schnitt im Herbst alle Obstbäume im Dorf, hackte Holz, half manchmal beim Automechaniker aus, lag im Winter betrunken in ihrem Garten, sodass man sie wegen der Kälte ins Haus trug, lud die Kinder in ihre Küche ein, wo sie ihnen Tee und warme Milch anbot. Sie hängte für die Kinder einen Autoreifen an einen alten Baum in ihrem Garten. Sie machte ihnen Limonade im Sommer. »Die Männer, die noch hier sind, halt ich mir vom Hals, Kinder, mit Schnaps, so dicken Oberarmen, die keiner von ihnen je hatte, und wenn es sein muss mit der Holzhacke.« Dann lachte sie laut. »Heiraten ist nicht jedermanns Sache«, sagte sie und goss sich einen Schuss Schnaps in ihren Kaffee. Dabei schlug sie die Augen nieder und stemmte ihre freie Hand in die Hüfte. Anni nahm einen großen Schluck und als sie wieder aufschaute, rief sie: »So jetzt wird aber leer getrunken, und dann husch, husch hinaus mit euch Gören, so viele Kinder atmen mir ja noch die Luft weg hier drinnen.«

»Dass ihr mir ja alles zusammenesst«, schrie sie ihnen noch hinterher, »morgen will ich schönes Wetter haben!«

Sie standen alle im Regen. Mila war zuerst vor ihnen davongelaufen, als sie aus Annis Haus geschlüpft war, mit den gelben Schuhen in Händen. Hinter dem Dorf hatte sie nicht mehr weiterlaufen können und war stehen geblieben. Alle kamen nacheinander bei ihr an, auch Juri und Milas Schwestern. Die Kinder hielten Mila zuerst noch fest, als sie nicht versuchte sich loszureißen, ließen sie sie los. Da standen sie nun im Kreis um sie herum, ihr Lachen war verhallt. Sie konnte den Hass in ihren Augen sehen. »Gehen wir zurück«, sagte Juri, »es ist kalt.«

»Bist du auf ihrer Seite?«, fragten sie und ihre Augen fixierten Juri.

»Pfff«, machte er und vermied es, in Milas Richtung zu schauen.

Mila sah sich die Kinder im Kreis an. Die Jacken der Jüngeren waren rot, gelb, grün und blau. Sie und die Größeren hatten dunkle Farben an, die Schwester einen weißen Mantel, den Mila aus einem Haus gestohlen hat, die kleine Schwester einen rosaroten. Eine schöne Kinderschar, dachte Mila, wie ihr dasteht und euch aufspielt und meint, ihr könntet Gesetze machen. »Ich esse keine Schnecke.«

Anni machte ihre eigenen Gesetze. Manchmal ging Mila zu ihr, sie saßen dann im Garten und schälten gemeinsam Kartoffeln. Sie sprachen nicht viel. Anni nahm nach jeder geschälten Kartoffel, die sie ins Wasser warf, einen Schluck aus ihrer Flasche. »Ich trinke alles«, sagte Anni, »außer Benzin, denn das macht blind.« Dann lachte sie wieder.

»Recht unterhaltsam, mutterlose Mila«, sagte sie, »bist du nicht.«

Sie hielt Mila die Flasche hin. Mila schüttelte den Kopf.

»Mit deiner Mutter konnte man wenigstens noch trinken, wenn sie wieder einmal nichts Neues wusste.«

Zu dieser Zeit lag die kleine Schwester noch im Gras und konnte sich gerade vom Bauch auf den Rücken drehen. Wenn sie anfing zu schreien, nahm Anni sie in ihre kräftigen Arme und wiegte sie. »Na, na, noch kann gar nichts so schlimm sein, dass du gleich so weinen musst, Kindchen!«

An dem Tag, als Anni ging, war Mila mit ihren Schwestern noch einmal zu ihr gegangen. Die Kleine lag im Kinderwagen und schlief. Mila und ihre Schwestern hatten schöne Kleider an und die Haare zu einem Zopf geflochten.

Anni trug schwarz: »So gehört sich das, wenn die Mutter endlich ins Gras gebissen hat.«

»Wann kommst du denn wieder?«, fragte Mila und sah dabei zu ihren Füßen, weil sie die Antwort schon kannte.

»Ach, mein mutterloses Mädchen, weißt du, ihr atmet mir nicht nur die Luft weg, hier gibt es gar keine Luft mehr für mich.«

Dann streckte Anni ihre Hand nach Milas Hand aus, bevor ihr die Tränen über die Wangen rollten.

»So«, sagte Anni, »jetzt ists aber genug, ab mit euch, hier will ich euch nicht mehr sehen.« Und ohne sich umzudrehen, ging Anni in ihr Haus und schloss die Tür hinter sich, die sonst immer offenstand.

Mila schob mit der einen Hand den Kinderwagen nach Hause und mit der anderen zog sie die andere Schwester hinter sich her. »Wann nimmt uns denn jemand mit?«, fragte sie und sah Mila dabei an.

»Lass dich nicht so ziehen, du bist groß genug, um selbst zu gehen«, fauchte Mila.

»Pfff«, machte Juri wieder, sah sich in der Kinderschar um und legte nach: »Uns fällt auch etwas Besseres für dich ein.« Er lachte laut. Mila spürte ihre Wut, ihre Angst. »Da!« Sie schleuderte die gelben Schuhe von sich, traf fast eines der kleinen Kinder am Kopf. »Auch wenn Anni so oder so nicht mehr kommt.« Und Mila ging los, wollte durch die Kinderschar hindurch brechen, zurück ins Dorf, in die Küche, in ihr Bett mit den Büchern. Der Kreis der Kinder schloss sich, wurde zu einer bunten Mauer, die sie zurück in die Mitte stieß.

»Diebin bleibt Diebin.«

Da stand sie, wieder in der Mitte des Kreises, versuchte noch einmal zu entkommen, schaffte es fast zwischen zwei kleinen Kindern hindurchzuschlüpfen. Da rissen die Kinder sie an ihrer Jacke, hielten sie am Rock fest, dass er hinunterrutschte. Mila zog ihn schnell wieder hoch.

»Ausziehen«, riefen die Kinder.

»Damit wir wissen, dass du keine anderen Dinge gestohlen hast«, sagten sie.

»Damit du es nie wieder tust«, sagten sie.

»Es ist kalt«, sagte Mila.

»Sie hat doch eh noch nichts zum Wegschauen«, lachten sie.

Ein kleines Kind zog wieder an ihrem Rock.

»Mila«, sagte die eine Schwester ängstlich, »tu doch, was sie sagen.«

»Du bist still, verstehst doch noch nichts«, zischte Mila.

»Sie hat Angst«, sagten sie. »Sie gibt es zu. Sie ist eine Diebin. Vielleicht hat sie auch Geld aus einer

Kasse gestohlen. Woher hat sie sonst die schönen Röcke, die wie neu sind?«

»Unschuldig bist du erst, wenn du dich ausziehst«, sagten sie. Über ihnen flogen die blechernen Vögel, Mila zeigte hinauf: »Da sind die blechernen Vögel wieder und beobachten uns.«

»So kommst du uns nicht davon.«

Mila spuckte auf den Boden. Sie zog sich die Jacke aus, spürte den ersten Tropfen auf ihrer Haut am Hals. Mila sah, wie die Schwestern schluckten, als sie ihren Pullover auszog. Mila war erstaunt darüber, dass ihr nicht kalt wurde mit den nackten Armen.

»Weiter«, sagten sie.

»Es regnet«, sagte Mila.

Der Kreis wurde enger, Mila hatte das Gefühl, als würden alle Augen auf ihrem Körper liegen. Sie zog den Rock und die Strumpfhose aus. Der Schotter stach in ihre nackten Füße. Sie bewegte die Zehen.

»Weiter.«

Mila spürte, wie ihr helles T-Shirt nass wurde, wie ihre Unterhose an ihrem Hintern zu kleben begann. Ihre Hände wanderten zu der Stelle, an der sich Unterhose und T-Shirt berührten. Sie zog mit einer Bewegung ihr T-Shirt über den Kopf, machte den BH auf und zog die Unterhose hinunter. Sie hielt ihren Kopf gesenkt und die Augen auf den Boden gerichtet. Sie zählte die grauen, spitzen Kieselsteine, die ihre Füße umgaben.

Es gab keinen Abstand mehr zwischen ihr und den anderen. Sie spürte Hände auf ihren spannenden Brüsten, einen ersten Schnitt auf der Hand und ungewaschene Finger an ihren Schamlippen. Fünf graue Steine zählte sie. Die Kinder hielten ihre Hand fest, sie ritzten in den Handrücken ein D, ein I, ein E mit dem Messer hinein, Blut ran herunter, sie streuten Kohlepulver in die Schnitte. Jemand zog sie an ihren Schamhaaren. Noch ein grauer unter ihrem kleinen Zeh. Sie kniffen in ihre Brustwarzen. Sechs graue Steine. Warum kam denn niemand? Jemand von den Erwachsenen musste es verhindern.

»Kommt«, sagte Juri, das Messer machte einen langen Schnitt bis zu ihrem Ringfinger, und Juri schnipste die Zigarette auf den Boden und trat das glimmende Ende aus. Langsam ging er Richtung Dorf und nun wichen auch andere zurück, dann gingen die Kinder in Grüppchen davon. Nur noch die Schwestern standen da.

»Zieh dich wieder an«, sagte die größere und Mila erkannte die Fürsorge in ihrer Stimme, die sie ihren Schwestern zeigte, wenn sie traurig waren.

»Schert euch zum Teufel«, sagte Mila. Sie blieben stehen. »Fort mit euch!«, schrie Mila ihre Schwestern an.

Mila stellt sich vor, wie die Schwester gerade in die Küche geht und den Ofen öffnet. Sie sieht nach, ob das Feuer noch brennt, und sie lässt Butter in einem Topf schmelzen und schneidet Zwiebeln hinein und röstet Mehl an. Die Schwester wird heute das erste Mal kochen, sie wird es aus Mitleid tun. Dann gießt sie kaltes Wasser in den Topf und rührt mit dem Schneebesen schnell um. Der Vater kommt aus dem Rathaus nach Hause zum Essen und setzt sich an den Tisch. Er fragt, wo Mila ist. Und die Schwester, dieses Biest, sie versteht noch nichts davon, erzählt dem Vater alles, was geschehen ist. Vom Diebstahl bis zu dem Augenblick, als sie ganz nackt vor den Kindern stand.

Mila will keine Aufmerksamkeit. Mila will keine Pfiffe, Mila will keine Menschen, Mila will keine Kinder um sich. Mila möchte, dass die Frauen wieder da sind und beim Wäscheaufhängen lachen, dass sie zwischen den Leintüchern, BHs, langen Unterhosen und dem frischen Geruch hindurchschlüpft, sich an die Wärme der Frauen schmiegt, ihren Schweiß riecht. Mila möchte, dass die Kinder am Abend um sieben zu Hause sein müssen und Eintopf essen. Mila wünscht sich, dass die Mutter nie in das Auto getragen wurde. Mila will fort aus diesem Dorf, sie will sich verstecken und nie wieder gefunden werden. Sie muss es bis zur Schule schaffen. Sie wird sich in die Bibliothek setzen und lesen. Mila greift nach dem Schulschlüssel in der Jackentasche. Ja, da ist er und klimpert. Über dem Dorf fliegen die blechernen Vögel und halten Ausschau nach einem Landeplatz für ihren Kot.

(Mila)

Die Schnitte sind rot und schwarz, das Blut stockt. Das Wasser in den Pfützen ist schmutzig. Sie drückt die Faust fester um den Schulschlüssel zusammen. Auch sie war mit den anderen Kindern glücklich, als der Lehrer fortging. Keine Schule, obwohl keine Ferien waren. Zehn Tage. Zwanzig. Sie lachten darüber. Es war Sommer. Sie gingen baden im Weiher, spritzten sich nass, freuten sich über die verlängerten Ferien. Im Herbst würde wieder ein Lehrer kommen, im Herbst würden sie wieder in der Schulbank sitzen. Da kannten sie noch nicht den Geruch, der seit einiger Zeit überall aus ihren Körpern kommt. Da, denkt Mila, war alles besser. Sie macht einen Bogen um das Dorf. Sie geht in den Wald und vom Wald auf die Wiesen und Felder hinter dem Dorf. Sie muss über einen Holzzaun klettern, der morsch ist. Da sieht sie jemanden auf der Weide vor sich. Sie erschrickt, klammert sich an den Zaun, rutscht ab. Das Blut auf der Hand ist braun geworden. Sie erkennt Juri, der da auf der Weide unter einem Baum steht und sie anschaut, als wäre sie ein scheues Reh. Mila hat in ihrer Bewegung innegehalten. Sie zittert nicht, das Frösteln ist vergangen. Sie sollte nach Hause gehen. Mila will fort, Mila wird sich in die Bibliothek setzen und sie wird lesen, bis ihre Haare grau geworden sind. Sie wird in den Büchern lesen, bis sie verhungert ist. Sie wird nie mehr fortgehen aus der Bibliothek. Sie wird nie mehr unter Menschen sein müssen. Mila springt in die Weide. Sie wird keine Angst zeigen.

Einmal, wenn die anderen erwachsen sind, werden sie davon erzählen. Sie werden sich nicht fragen, ob es richtig war, dass sie sich ausziehen musste vor allen, dass sie alle ihre Haare sahen, die an den Seiten der Unterhose herausschauen, als ihre Brüste unter dem BH hervorkamen und die Unterhose auf den Boden fiel. Sie werden alle wie die Erwachsenen sein, die Kinder belächeln. Sie werden meinen, es war ein harmloser Scherz unter Kindern. Und wie werden sie Juri und seine Freunde bis dahin ansehen? Wenn sie im Frühling tanzen, wird niemand mehr mit ihr tanzen wollen. »Wir haben ja schon alles gesehen«, wird Juri lachen. »Was sollen wir noch mit dir tanzen?« Und wenn sie jemandem die Hand gibt, wird es immer darauf stehen, alle werden es sehen, auch wenn ihr jemand einen Ring anstecken möchte, es wird dastehen: Diebin.

Mila geht an dem Baum vorbei, an dem Juri steht. Er ist wieder so klein, der Baum ist der Rockzipfel seiner Großmutter, er hält sich daran fest, er ist allein.

»Vor ein paar Jahren sind wir gemeinsam schwimmen gewesen«, sagt Juri. Er versucht mit Mila Schritt zu halten. »Da war noch nichts dabei, dass wir uns nackt gesehen haben.«

Mila geht weiter. Sie macht die größten Schritte ihres Lebens. Sie versucht, ihm zu entkommen.

»Wohin gehst du denn?«, fragt er, als er sie eingeholt hat.

»Scher dich fort«, sagt sie.

»Irgendwann waren wir doch einmal Freunde, Mila.«

Mila bleibt stehen. Sie schaut Juri an und ihre Augen beginnen zu brennen.

»Dann dreh doch die Zeit zurück, Juri, und mach alles ungeschehen.«

»Ich hab nichts gemacht.«

»Ja«, sagt Mila, »du hast nichts gemacht.« Und wieder fragt sie sich, wann die Tränen kommen, merkt, dass sie Juri nichts entgegenzusetzen hat, dass sie genauso dagestanden wäre, wenn er sich hätte ausziehen müssen. Dass sie nichts getan hätte, wenn die ersten Hände nach seinem Körper gegriffen hätten. Dass sie vielleicht das Messer genommen und ein D in seine Hand geritzt hätte. Wieder fragt sie sich, ob sie gerade erwachsen geworden ist. Als sie klein war, dachte sie, wenn sie erst einmal vierzehn oder vielleicht auch sechzehn sein würde, dann wäre sie erwachsen. Wie er dasteht und sie nur erschrocken ansieht. Mila läuft los. »Mila, lass uns verschwinden.« Sie rennt durch den Regen, achtet nicht auf die Wasserlachen, rennt weiter, bis sie vor der Schule steht, erst dann dreht sie sich um. Kein Juri mehr, kein Mensch auf der Straße. Juri hat nicht einmal versucht, ihr nachzulaufen. Ärger steigt in Mila auf, Traurigkeit und Scham. Sie hat ihn ja stehen lassen. Mila wundert sich, dass sie erst jetzt zu weinen beginnt. Dass die Diebin auf ihrer Hand erst in diesem Moment zu schmerzen beginnt. Sie wischt sich mit den Ärmeln der Jacke über ihre Wangen. Dann steckt sie den Schlüssel ins Schloss und öffnet das Schultor.

(Wir)

Manchmal fällt uns nicht ein, was wir spielen könnten, und dann sitzen wir herum wie die Alten oder treffen uns, ohne etwas zu reden. Wir sitzen nur nebeneinander und werfen Steine. Die Spiele, Modell-Dampfmaschinen, Spielkonsolen, Radios, die wir bekommen haben, sind neu, und weil wir immer damit spielen dürfen, langweilen sie uns bald. Der Strom dafür kommt aus dem Generator. Der Generator steht hinter der Schule in einer Baracke. Wir kommen nicht in die Baracke. Den Generator verwaltet Milas Vater. Er bestimmt, zu welchen Zeiten ein Haus Strom bekommt, und er sagt auch, für wie lange. Im Rathaus hängt ein Plan. Milas Vater hat die Schlüssel für die Baracke und weiß, welches Kabel er wo einstecken muss, damit das richtige Haus versorgt wird. Wir dürfen nicht in die Baracke. Neben dem Generator summt es und riecht es nach Benzin. Als sie noch da waren, hat der Fleischhacker oder der Automechaniker das Benzin aus der Stadt geholt oder der Mann, der die Wirtin mit Getränken versorgt hat, hat ihn mitgebracht. Seit sie alle weg sind, fährt Milas Vater mit dem Pferdewagen und bringt Nachschub. Wir geben ihm alles mit, was wir geben können. Ein Großvater hat noch eine schöne Kommode, jemand hat selbst gebrannten Schnaps, Speck oder Früchte im Haus. Diese Kostbarkeiten verkauft Milas Vater und mit diesem Geld kauft er das Benzin für unseren Generator.

Das Benzin verwenden wir auch, um Dinge anzuzünden. Wir haben Banden gegründet. Donnerstag ist Bandentag und heute haben wir uns getroffen. Die Gruppen haben wir gerecht aufgeteilt. In jeder gibt es einen über zehn Jahre und einen unter fünf und jede sammelt ihre eigenen Dinge. Wir sammeln Zapfen oder ziehen alte Baumstümpfe mit schönem Muster aus dem Weiher. Eine Gruppe sammelt gefährliche Gegenstände wie Äxte und große Messer. Wir bauen Steinschleudern und spitze Pfeile. Es sind für uns die wertvollsten Gegenstände, die wir haben. Dann verstecken wir sie. Die anderen bemühen sich, unsere Verstecke zu finden. Sie beobachten uns. Wir müssen vorsichtig sein. Manchmal finden wir ihre Verstecke. Dann stehlen wir etwas Benzin aus der Baracke mit dem Generator oder Hochprozentiges, um die Gegenstände der anderen Bande in Brand zu stecken. Auch mit Haarspray haben wir schon schöne Feuer gemacht. Das Feuer zerfrisst alles, was den anderen gehört. Manchmal züngeln die Flammen nahe an Häusern hoch. Am Feuer können wir uns wärmen. Wir warten darauf, dass einmal eines der Häuser zu brennen beginnt. Wir haben das noch nie gesehen. Es würde uns interessieren, ob überhaupt jemand in unser Dorf kommt, um das Feuer zu löschen. Oder ob wir selbst Wasser heranschaffen müssen. Ob unsere Großeltern mit ihren krummen Rücken helfen müssen, und das Feuer mit jedem Liter Wasser, den wir hineinschütten, ob das Feuer auch wirklich schwächer wird. Wir würden gerne riechen, wie ein großes Feuer riecht. Wie sich die Hitze anfühlt, die nicht von der Sonne kommt und nicht von unseren kleinen

Küchenöfen und Kachelöfen. Manche Dinge brennen auch ohne Benzin. Mit Benzin wird das Feuer immer schöner und größer.

Die Alten schimpfen mit uns, wenn sie sehen, dass wir wieder etwas anzünden. Wie gefährlich das ist, haben sie uns hinterhergerufen, und was wir damit wollen. Dass wir alles zerstören. Dass wir sie und uns gefährden. »Was ist das für ein Spiel«, rufen sie uns nach, »bei dem ihr euch verletzen könnt? Das ist kein Spiel mehr.«

Uns macht es Spaß, wenn wir dem Feuer zuschauen können. Unsere Füße werden dabei hibbelig und in uns brennt es dann auch. Wir hüpfen um das Feuer herum. Die anderen sind enttäuscht und wütend und wir schlagen uns. Am Bandentag dürfen wir kämpfen.

»Wir sind Kinder«, sagen wir den Großeltern, »und Kinder müssen raufen.« Wir schubsen auch die Alten. Heute haben wir von einer Bande Fäden und Schnüre gefunden. Sie haben sie hinter einer Scheune in kleine Schachteln getan, die an der Scheunenwand aufgereiht stehen. In den Schachteln finden wir viele nützliche Dinge. Einer hält Gummiringe in die Höhe und ein anderer findet einen Kuhstrick. Uns fällt vieles ein, was wir damit machen könnten. Den Kuhstrick und die Gummiringe bringen wir in Sicherheit, bevor wir die kleinen bunten Fäden, die Schnüre, die Zahnseide zwischen zwei Bäumen an einer Leine aufhängen und anzünden. Wir legen das Feuer zuerst auf der linken Seite. Es soll sich zum anderen Baum fressen. Wir stellen die Schachteln darunter und verbinden die Schachteln mit den herunterhängenden Schnüren. Es brennt wunderbar.

Die anderen kommen. Wir sehen sie über die Wiese laufen. Sie haben Schnüre und Stricke in der Hand. Sie wollen ihren Schatz retten. Sie fangen an, uns zu schubsen und zu treten. Jetzt brennen auch die Schnüre in den Schachteln. Wir treten zurück. Wir können alle kratzen und beißen und schubsen und schimpfen. Wir kennen wahrscheinlich sogar die besten Schimpfwörter und wir kennen uns gut. Wir wissen, wen es trifft, wenn wir Schmutzfink sagen, und wem wir jähzorniger Ritterzwerg zurufen müssen, damit sein Kopf zornesrot wird. Wir raufen so lange, bis eine rückwärts über die brennenden Schachteln fällt. Ihre Strumpfhose brennt. Wir schlagen mit unseren Jacken auf ihre Beine ein. Sie schreit vor Schmerzen. Wir zerren sie aus dem Rock und der Strumpfhose. Mit der Strumpfhose reißen wir auch Hautfetzen herunter. An den anderen Stellen ist sie ganz rot und es bilden sich riesige Blasen. Die Großmütter kommen gelaufen und das Kind wird nach Hause getragen. Die Großmütter machen kühlende Wickel um die Waden und flößen ihr Tee ein. Sie tupfen ihr Fiebergesicht ab und verscheuchen uns mit einer Handbewegung.

(Mila)

In einer Schublade mit Werkzeug in der Scheune des Automechanikers findet Mila sie. Sie ist schwer und kalt, und sie weiß, dass sie das Ding nicht in Händen halten soll und es gefährlich ist. Trotzdem wiegt Mila sie in der Hand und fühlt die Kälte des Metalls. Sie hält den Lauf immer von sich weg, versucht sie zu öffnen, um hineinzuschauen. Mila möchte wissen, ob sie geladen ist. Mila kennt sich nicht gut mit Waffen aus. Es gelingt ihr erst nach mehreren Versuchen. In der Trommel sind Patronen. Mit dieser Waffe in der Hand ist Mila nicht mehr so weit von dem Krieg entfernt, von dem gestern sogar der Vater gesprochen hat. Er hat vorsichtig die Tür geöffnet in ihr Schlafzimmer und dort eine ganze Weile im Schein seiner Taschenlampe gestanden. Mila stellte sich schlafend. Sie hat das Buch weggelegt, als sie die Schritte des Vaters auf der Treppe gehört hat, und das Licht ausgemacht. »Wenn sie mich einziehen«, flüsterte der Vater da in der Tür nach einer langen Zeit, »Kinder, ich geh in keinen Krieg.«

Der Vater wird nicht eingezogen werden, das weiß Mila. Denn er ist doch der einzige Erwachsene im Dorf, dem man noch trauen kann. Er ist der Einzige, der noch nicht alt ist, und an keinem Tag hat er wirr zu ihnen gesprochen. Er lenkt das Dorf, er ist der Bürgermeister. Als der Vater sich wieder bewegte, blinzelte Mila und sah, dass die Spinne schon wieder ihre Beine nach ihr ausstreckte.

Mila legt die Waffe nicht zurück an ihren Platz. Sie stellt sich vor, dass ihr bei der nächsten Gelegenheit, wenn ihr einer zu nahekommt, sie verspottet oder auch nur nach ihr pfeift, sie die Pistole aus ihrer Rocktasche ziehen wird, mit einer langsamen und bedachten Bewegung wird sie die Pistole auf Juri oder ein anderes Kind richten. Augenblicklich werden sie erstarren und nichts mehr sagen oder tun. Mila wird die Pistole wieder in ihre Rocktasche schieben und ohne ein Wort fortgehen. Sie wird sich nicht mehr umdrehen müssen.

Mila steckt die Pistole ein. Mit einem Ruck schließt sie die Lade und schlüpft aus der Werkstatt. Sie klopft sich den Staub vom Rock und der Jacke und geht nach Hause. Das kalte Metall spürt sie bei jedem Schritt an ihrem Schenkel. Sie spürt, wie sich die Waffe langsam an ihr zu erwärmen beginnt.

(Wir)

Die Alten erzählen uns falsche Geschichten. Sie lügen uns an. Dabei sollen wir nicht lügen. Die Älteren von uns sprechen nicht über alle Sachen mit uns. Wir haben auch sie gefragt, warum keiner der Störche, die zu Besuch waren, uns ein Kind gebracht hat. Juri und seine Freunde haben nur den Kopf geschüttelt: »Irgendwann werdet ihr es schon wissen.« Der Schmied ist der Einzige, der ehrlich zu uns Kindern ist. Wir sind letztes Jahr zu ihm gegangen und haben ihn nach der Geschichte mit den Störchen gefragt. Der Schmied hat uns ein Buch geschenkt. In dem Buch gibt es viele Bilder. Nackte Frauen und nackte Männer, und in dem Buch steht, dass Spermien des Mannes die Eizelle der Frau befruchten. Die Spermien des Mannes kommen aus seinem Penis und sehen aus wie Kaulquappen. Der Penis muss dafür in die Vagina der Frau. Die Eizelle ist einfach ein runder Ball, aber viel größer als die Kaulquappen. Dann wächst das Kind im Bauch der Frau und die Frau muss es nach neun Monaten aus sich herauspressen. Ein Kind kann kein Kind bekommen. Wir fragen uns, wie lange man ein Kind ist. Mila hat schon Brüste und Haare untenherum. Vielleicht könnte sie schon ein Kind bekommen. Wir können es uns gut vorstellen, dass Mila ein Kind hat. Sie ist schon lange wie die Mutter von ihren Schwestern und auch zu uns war sie gut. Sie hat uns hereingelassen, als uns die Bienen verfolgt haben. Sie ist trotzdem auch noch ein Kind. Warum sonst sollte sie in die anderen Häuser gehen und stehlen?

Eine unserer Regeln ist, dass wir nicht lügen dürfen. Die Bestrafung, wenn einer dabei erwischt wird, hängt von der Lüge ab. Es gibt Notlügen und Fantasielügen und echte Lügen. Die Geschichte mit den Störchen gehört nicht zu den Notlügen und auch nicht wirklich zu den Fantasielügen. Wir bestrafen die Alten.

Wir liegen auf der Lauer. Unsere Steinschleudern liegen griffbereit auf dem Boden und wir schießen gleich damit. Unsere Schleudern sind aus Ästen gemacht, die ein Ypsilon bilden. Dazwischen haben wir Gummiringe gespannt, damit die Steine weit fliegen. Wir warten darauf, dass die Alten sich in die Sonne setzen. Heute werden sie noch die letzten Sonnenstrahlen vor dem Winter genießen. Wir sind auf dem Dachboden. Durch Luken in der Holzwand, durch die Spalten in den Fensterläden, vor denen keine Glasscheibe ist, schauen wir hinaus zu ihnen. Wir sind ganz ruhig. Es riecht nach Stroh und Mäusen. Wir können die Mäuse hören. Es raschelt und knabbert. Wir warten, bis die Alten sich alle versammelt haben. Da sitzen sie auf ihren Holzbänken mit ihren breiten Hintern und reden. Wir hören ihr Lachen, sehen ihre Zahnlücken, wenn sie ihre Münder aufsperren. Wir können nicht hören, über was sie lachen. Oft lachen sie über uns. Darüber, dass wir noch nichts wissen von dieser Welt. Wir nehmen die Steinschleudern und öffnen die Fensterläden. Wir zielen. Jeder von uns zielt auf einen anderen und niemand zielt auf die eigenen Verwandten. So haben wir es ausgemacht. Wir zählen von drei herunter. »Drei«, sagen wir und richten unsere Oberkörper auf. »Zwei«, sagen wir und ziehen die Gummiringe mit den Steinen zu uns heran. »Eins«, zählen wir und kneifen ein Auge zu, damit wir richtig gut zielen. Bei null lassen wir alle Gummiringe los.

(Mila)

Am Abend und in der Früh werfen die Bäume lange Schatten. Mila steht am Fenster und schaut hinaus. In der Sonne, zwischen den reifüberzogenen Gräsern hängen Spinnweben. Den Kirschbaum ziert noch ein einziges Blatt. Es dauert nicht mehr lange, bis der erste Schnee kommt. Mila ist im Spätherbst geboren und hat bald Geburtstag. Auch dieses Jahr wird sie nur eine Kerze für sich anzünden. Seit die Mutter gestorben ist, feiern sie keine Geburtstage mehr. Am Himmel sieht Mila keine Wolke. Es wird ein klarer, kalter Tag. Mila zieht sich eine Hose an, sie streicht den Geschwistern kurz übers Haar. Mila geht in die Küche, schiebt Nudelmaschine und Einmachgläser auseinander, greift in den hintersten Topf und holt die Pistole heraus.

Mila schließt die Haustür und läuft los. Sie läuft Richtung Wald, hört keine Vögel zwitschern, spürt die Kälte auf ihrer Haut. Mila läuft gemächlich. Es ist gut, so allein zu laufen. Mila läuft bis zu dem Hügel, auf dem die Mutter ihr vor Jahren verboten hat zu spielen. Auf dem Hügel wächst inzwischen Gras. Es stinkt trotzdem noch immer. Die Erwachsenen haben dort Müll gelagert, sie haben dort alles entsorgt, was es zu entsorgen galt. Waschmaschinen und Kühlschränke, Dosen mit Wandfarbe, rostige Nägel und morsches Holz und Autoreifen. Mila klettert auf den Hügel und sieht sich um. Da hinten ist der Weiher, in dem sie im Sommer baden geht. Dort sind die Berge, die das Dorf von der Welt abschneiden. Eine weiße Schotterstraße windet sich hinauf und verschwindet hinter Bäumen, ohne sich wieder zu zeigen. Auch Mila entsorgt hier alles, was sie nicht brauchen kann. Ihre Wut schreit sie an diesem Ort heraus. Heute ist sie nicht wütend. Mila ist erschöpft. Sie setzt sich auf den Müllberg ins Gras. Mila sieht von hier auch ins Dorf. Sie sieht die Schule und sie denkt daran, wie schön es dort war. Die kleine Schwester wird nie erfahren, was es heißt, zu lernen, denkt Mila. Niemand von uns wird jemals wieder etwas wissen. Irgendwann werden wir vor lauter Unwissen alles vergessen haben. Die Kinder aus dem Dorf werden nicht einmal lesen lernen und sie werden sich nicht durch Bücher wälzen können und selbst herausfinden, wie Wasserpumpen, Gelatine, der Regen funktionieren. Und da steht der Entschluss fest und Mila springt auf, läuft hinunter, stolpert fast über ihre offenen Schuhbänder und bindet sie hastig. Sie läuft so schnell sie kann zurück nach Hause. Mit der Pistole wird sie die Kinder zwingen, in die Schule zu kommen. In der Küche öffnet sie die Schublade mit dem Papier und den Stiften und sucht von beidem das Schönste aus. Sie schreibt:

Unser Lehrer!
Schon lange ist es her, dass wir Sie gesehen haben, und weil Sie ja doch nicht wiederkommen, nur diese Frage: Wir langweilen uns. Wir sehnen uns nach der Schule und wir wollen wissen, ob Mila geeignet wäre, unsere Lehrerin zu werden. Sie war doch die Klassenbeste, nicht wahr? Sie konnte doch lesen und schreiben schon bevor wir es konnten und verstand es, Zahlen zu multiplizieren und zu dividieren lange vor uns. Wäre es möglich, dass Mila uns unterrichtet? Wäre es möglich, dass

Sie ihr Bücher schicken, damit sie uns das Rechnen, das Lesenlernen, das Schreiben richtig erklären kann?

Das wäre sehr freundlich von Ihnen. Wir hoffen, dass Sie eine gute Arbeit gefunden haben, und wir wünschen Ihnen alles Gute!

Mit freundlichen Grüßen
Die Kinder aus dem Dorf

Mila liest den Brief noch einmal. Dann holt sie einen Umschlag aus der Schublade, befeuchtet den Klebestreifen mit der Zunge und schließt den Umschlag.

(Wir)

Heute kommt der Briefträger zum zweiten Mal an diesem Tag. Wir binden gerade den Fleischhackerhund los. Wir wollen ihn fortjagen, wir brauchen die Hühner für uns. Der Briefträger fährt nicht wie sonst auf seinem gelben Fahrrad den Hügel herunter, sondern kommt aus dem Wald. Wir sehen ihn und laufen ihm entgegen. Wir fragen ihn, warum er noch einmal kommt. »Wegen euren Großeltern«, sagt er. Er hat nichts für uns, keine Pakete, keine Briefe. Aber die Alten und der Schmied bekommen Briefe. Mila kommt, geht an uns vorbei, sie gibt dem Briefträger etwas.

Die Briefumschläge der Alten sind grau und haben ein Wappen darauf. Der Briefträger gibt sie uns nicht, er will sie persönlich zustellen. Auch die Pferde bekommen so einen Brief. Wir schauen unseren Großeltern zu, wie sie die Briefe öffnen. Wir stellen uns neben sie, um zu lesen, was für Neuigkeiten drinstehen. Die Schrift ist krakelig wie von einer zittrigen Hand geschrieben. In den Briefen steht, dass Krieg herrscht und dass nun der vaterländische Boden davon betroffen ist. Wir fragen unsere Großeltern, wo der vaterländische Boden anfängt und aufhört. »Weit von hier entfernt«, sagen sie und kratzen sich dabei die Schuppen von der kahlen Kopfhaut. Wir sitzen an den Küchentischen, wir lehnen an den Türen, wir hocken auf den Holzböden. Unsere Großeltern treffen sich im Rathaus. Der Bürgermeister ist nicht zu sehen. Sie setzen sich ohne ihn in den Versammlungssaal. Wir nehmen die Briefe mit ins Rathaus, wir zerreißen die Briefumschläge in kleine Stücke. Wir zerreißen die Wappen, der Buntstift färbt an unseren Händen ab. Die Stücke verteilen wir auf den Tischen. Wir dürfen uns auch auf die Stühle setzen. Alle müssen dienen, heißt es in den Briefen. Unsere Großeltern wissen noch, wie Krieg funktioniert. Deshalb werden sie gebraucht. Unsere Großmütter werden kochen, unsere Großväter Munition schleppen müssen. Wir warten. Die Alten sprechen nicht. Wir sammeln die Papierstücke ein und leeren sie in den Papierkorb. Der Boden vorm Papierkorb ist staubig. Dann sagen sie: »Wir verraten die Kinder nicht.« »Im letzten Krieg haben sie auch die Kinder geholt am Schluss«, erzählen sie. »Wir gehen alle hin und erfüllen unsere Pflicht«, sagen sie und ihre Gesichter sind ernst und noch faltiger. »Niemand erzählt ihnen von unserem Dorf. Die Kinder bleiben hier. Sie sollen in keinen Krieg gehen müssen.« Die Alten sind blass. Wir Kinder haben eine gesunde Farbe. Wir können kämpfen. Wir wollen den Krieg endlich sehen. Wir sehen nur die Blechvögel. Wir wollen wissen, wie es im Krieg ist. Wie kalt es im Krieg ist und wie eine Schusswunde aussieht. Wie ein Lazarett aufgebaut wird und wie Gräben gegraben werden. Wie lange es dauert, bis der Feind besiegt ist.

»Wenn niemand von euch weiß, dann kann euch auch niemand holen«, sagen die Alten zu uns. »Wir schicken euren Eltern Briefe, damit sie euch nichts mehr schicken.« »Wir werden euch geheim halten, bis der Krieg vorbei ist. Dann kommen wir wieder und alles wird gut.« Die Hände unserer Großeltern zittern. An ihren faltigen Hälsen sehen wir die Adern pulsieren.

»Wir gehen noch heute.«

Wir schmiegen uns an die Busen unserer Großmütter, wir umarmen ihre breiten Hüften und verstecken uns in ihrer Wärme. Unsere Großväter stehlen uns unsere Nasen und behaupten wie früher, dass ihr Daumen unsere Nase wäre. Alle Alten und der Schmied setzen sich auf die Pferdewagen. Wir hieven die zittrigen, schwachen, blassen, starken, schützenden Körper hinauf und blicken in die Augen unserer Großeltern. Ihre Augen sind trüb, aber freundlich. »Wir kommen nach dem Krieg wieder.« Den letzten Krieg hat der Feind gewonnen. Dann fahren sie los. Jetzt sind alle Erwachsenen bis auf den Bürgermeister verschwunden. Wir sehen durch unsere wässrigen Augen nichts mehr. Uns ist kalt. Wir laufen den Wagen nach. Wir sind schnell, aber wir haben zu lange gewartet. Wir laufen bis zur Schule. Dort geht uns der Atem aus. Wir stützen unsere Hände auf die Oberschenkel und atmen die kalte Luft ein. Wir streicheln die Katze, die immer vor der Schule sitzt. Wir warten. Sie kommen nicht mehr. Jetzt haben wir niemanden mehr, der auf uns aufpasst, niemanden mehr, der uns am Abend zudecken könnte, niemanden mehr, der uns von anderen Zeiten erzählt.

(Mila)

Mila hat den Wecker mit ins Badezimmer genommen. Sie startet heute einen Selbstversuch. Sie wird nicht atmen. Die Pistole legt sie auf das Waschbecken. Ihren Rock lässt sie auf den Boden fallen, ihre Unterhose, den Schlüssel in der Tür dreht sie um. Auf den Fliesen stehen ihre nackten Füße. Kalt werden ihre Zehen. Sie steigt in die Dusche. Sie dreht den Hahn auf. Noch gibt es in ihrem Haus Wasser aus Hähnen, bei den anderen nicht mehr. Solange der Vater hier mit seiner Spinne ist, wird das Wasser aus den Hähnen fließen, da ist sie sich ganz sicher. Das Wasser ist weich und warm. Mila atmet ein, schließt die Augen.

Zuerst krabbeln Ameisen vor ihren Augen, dann sieht sie Lichtblitze. Sie drückt die Augen so lange und so fest zu, bis ihr schwindlig wird davon. Sie öffnet die Augen wieder, noch immer regnet es Blitze. Sie steht noch in der Dusche, ist nicht umgefallen bei diesem Versuch. Das Schwindelgefühl vergeht wieder. Sie schaut auf den Wecker, sie hat nicht lange ohne zu atmen ausgehalten.

Jetzt hält Mila noch einmal den Atem an. Sie schaut dabei auf den Zeiger des Weckers. Sie zählt die Sekunden. Der Zeiger bewegt sich langsam. Das Wasser prasselt in die Dusche. Mila spürt ihr Herz schlagen und das Leben an ihrer Schläfe pulsieren. So lebt sie also, wenn sie gar nichts dafür tut. So fließt das Leben durch sie, das ihr gehört, mit dem sie machen könnte, was immer sie wollte. Vor ihr liegt die Pistole, die Patronen hat sie herausgenommen und ins Nachtkästchen gelegt. Dieses Leben ist plötzlich gar nicht mehr so klein, wie es ihr immer erscheint, wenn sie die Sterne am Nachthimmel sieht. Und trotzdem ist es klein genug dafür: Sie könnte nicht mehr anfangen zu atmen und das Pulsieren in ihr würde weniger werden, stiller und ruhiger. Es könnte warm und gemütlich sein unter der Dusche. Es wird zu laut, zu heiß. Mila hört ein Pochen, nicht einmal hier kann man allein sein, denkt sie und schnappt nach Luft, ist ganz außer Atem. Das Pochen wird leiser. Keiner steht vor der Tür und klopft. Mila ruft, es antwortet ihr auch niemand. Das Pulsieren an ihrer Schläfe wird weniger. Mila spürt ihr Herz schon nicht mehr schlagen. Das warme Wasser rinnt in den Abfluss. Vor der Tür sind die Schwestern nicht.

Mila geht in die Küche, ihre nassen Haare hat sie in einem Tuch zum Turban gewickelt. Auf dem Küchentisch liegt ein Brief, er ist zweimal gefaltet. Daneben liegt ein Briefumschlag mit einem offiziellen Stempel. Mila hat so ein Schreiben noch nie zu Hause gesehen, der Vater bekommt so etwas nur ins Rathaus. Mila beugt sich über den Brief. Der Turban löst sich, die nassen Haare fallen darauf. Mila richtet sich schnell auf und wischt das Papier an ihrem Rock ab, bindet sich den Turban neu. Er ist an den Vater adressiert und es heißt, dass er bis dann und dann dort sein müsste, um seinem Vaterland zu dienen. »Vater«, fragt Mila und geht ins Wohnzimmer, vom Wohnzimmer in den Flur, hinauf in den ersten Stock, in Vaters Zimmer, in ihr Zimmer. Das Haus ist dunkel und leer. Mila geht die Stiege wieder hinunter und hinaus in den Garten, zum Imkerhäuschen, von dort auf die

Straße zum Rathaus. Auch dort ist alles verschlossen und leer. »Vater?«, ruft Mila. Sie geht zur Schule, sie öffnet das Tor. Mila fröstelt. Eine Haarsträhne ist aus dem Turban gerutscht und steif geworden. Mila lauscht hinein in die Schule. Sie ruft nach dem Vater, denkt dabei an seine Spinne und die Angst, die sie plötzlich nicht mehr vor ihr hat, sondern eine andere Angst steigt in ihr auf. »Vater?«, ruft sie noch einmal, bevor sie zurückgeht. Sie schließt das Schultor. Das Metall ist eisig, auf der Straße ist es kalt. Mila bleibt immer wieder stehen und lauscht, sie beginnt zu zittern. Die Bäume sind kahl. Sie hört die Kinder nicht, als wären alle schon immer fort. Im Haus ruft Mila wieder nach dem Vater. Er taucht nicht auf.

(Mila)

Mila schaut in den Garten und denkt nach. Sie lebt das Leben ihrer Eltern, mit einem Unterschied: Damals gab es noch so etwas wie Hoffnung. Hin und wieder kam einer, der ihnen eine Chance gab, der sie mitnahm in eine bessere Gegend, um sie ausbilden zu lassen. Alle Eltern sind ausgebildet und fort, die Alten sind weg, der Vater verschwunden. Auch die Spinne ist fort. Mila hat sie gesucht. Sie ist nicht in den Stubenecken, nicht unter den Betten, nicht unter der Eckbank, nicht hinter den Türen, auf den Fensterbrettern. Sie ist wie die Erwachsenen weg. Die Kinder, die Schwestern und Mila leben schon so lange ohne Eltern, dass sie vergessen haben, wie es ist, das Kind von jemandem zu sein.

Mila atmet Staub von allen Generationen vor ihr ein, der sich auf ihre Lungen legt wie Ruß. Wenn man die Leute aus dem Dorf nach ihrem Tod aufschneiden würde, dann hätten alle diesen feinen grauen Film auf der Lunge. Der Wind treibt ihn immer noch weiter hinein. Sie geht zu Tante Tatiana ins nächste Dorf. Die Steine unter ihren Füßen erzählen ihr von den Leuten, die Säcke voller Getreide getragen haben, die ausgewandert sind, die nicht mehr zurückkommen. Sie schaut über den Fluss hinüber in das zerstörte Dorf. Da ist ein Krater. Er ist neu, Mila hat ihn noch nicht gesehen. Wahrscheinlich ist der Fleischhackerhund auf eine Mine getreten. Auch dort drüben sind keine Geschichten mehr geschrieben worden, auch dort drüben gibt es keine Zeit mehr für die Menschen. Mila geht langsam zur Tante. Sie klopft an ihre Tür, aber es öffnet niemand. Um das Haus herum schleicht sich Mila, sucht nach einem Zeichen von der Tante, ruft nach ihr. Es ist ganz still im Haus und im Garten. An der Hintertür entdeckt Mila einen Zettel, sie nimmt die zwei Stufen hinauf. Es ist ein Briefumschlag. Kein Name steht darauf, keine Schrift verrät, für wen dieser Brief sein könnte. Mila öffnet den Umschlag. Das Papier riecht nach Jasmin wie Tante Tatiana und ein bisschen nach Mutter. *Liebe Besucher*, steht da.

Ich habe nun beschlossen auch zu gehen. Ich habe mich nicht von euch verabschiedet, weil es mir sonst zu schwergefallen wäre. Ich werde euch schreiben. Valentin wartet auf mich, da bin ich mir sicher. Er soll seine Tochter kennen lernen. Ich bin auch gegangen, weil es mir so hoffnungslos erscheint, in diesem Dorf noch allein zu sein mit den kreisenden Vögeln über meinem Kopf, wie Aasgeier.

Mila sitzt auf der Treppe, hinter ihr sitzt ein Schatten. Er wird immer länger und richtet sich über Mila auf. Immer wenn Mila sich umdreht, hat der Schatten keinen Körper mehr. Er ist zu einem Kopf geworden, mit einem riesigen Maul.

(Wir)

Wir sind keine Kinder mehr. Manche von uns sind vielleicht noch wacklig auf den Beinen oder können noch nicht lesen, Fahrrad fahren oder auf Bäume klettern. Es gibt sicher Erwachsene, bei denen das auch so ist. Der Schneeregen fällt kalt auf uns herab und gerade wollen wir nach Hause gehen, da sehen wir in unseren Augenwinkeln eine Bewegung. Mila steht vor der Schultür. Sie macht etwas am Schloss. »Mila«, schreien wir durch den Schneeregen. Sie stiehlt noch immer. »Das wirst du büßen.« Sie dreht sich um und in der Drehung wird ihr Rock zu einer Glocke. Wir schließen unsere Hände ums Schultorgitter, wir stellen unsere Füße darauf, wir ziehen uns hoch. Mila zieht etwas aus ihrer Rocktasche. Der Schneeregen schlägt uns ins Gesicht. Mila hält uns eine Pistole entgegen. Der Lauf ist ganz schwarz und Milas Hände umfassen den Griff. Ganz ausgestreckt sind ihre Arme und ihr Blick ist entschlossen. Wir lassen das Gitter los. Wir steigen herab. Der Krieg ist zu uns gekommen. Wir sind nicht vorbereitet und wir weichen vor Mila zurück. Wir laufen zuerst davon. Dann bleiben wir stehen. Es gibt Regeln in unserem Dorf. Pistolen gehören nicht in unser Dorf und nicht in Milas Hände. Wir gehen nach Hause. Wir stellen uns vor, dass wir alle ganz woanders geboren sind.

Vom zu viel Träumen wird man nichts. »Da bauen sich die Kinder wieder Luftschlösser«, das haben uns die Alten gesagt. »Das könnt ihr euch in die Haare schmieren«, haben sie uns gesagt, wenn wir Ärzte werden wollten. Dabei würde es uns gefallen, wenn wir anderen Menschen helfen könnten. Wir können auch schon viel, was man als Arzt können muss. Wir können tapfer sein. Wir können Blut sehen. Wir können trösten. Wir können Wunden säubern. Wir können sie noch nicht nähen. Wir können kühlen. Wir können Verbände wickeln. Wir bauen aus Hölzern einen Gips, wenn sich jemand das Bein oder den Arm gebrochen hat. Vor ein paar Wochen ist einer vom Königsnussbaum gefallen. Er trägt den Gips noch. Wir hoffen, dass sein Arm nicht schief wird.

»Den Wunsch hängt ihr besser an den Nagel«, haben sie zu uns gesagt, wenn wir von unseren Eltern erzählt haben, die bald kommen und uns zu sich holen würden. So einfach ist die Welt nicht. Die drei Wünsche aus den ganzen Märchen gibt es nicht, und wenn, dann werden sie uns nicht erfüllt werden. Anderen Kindern woanders werden ihre Wünsche erfüllt. Seit wir keine Pakete mehr erhalten, bekommen wir nicht einmal mehr Schokolade oder neue Spielsachen.

Wir träumen davon, dass das Dorf ausgestorben ist und nur noch ein einziges Kind durch unsere Gassen geht, an den verschlossenen Türen rüttelt. Jeden Abend wacht anstatt Tomte Tumetott nun das letzte Kind über niemanden mehr außer über unseren Sachen. Es zittert, es muss trotzdem nach draußen, und wie Tomte hat es eine Lampe in der Hand, wenn es über unsere Schotterstraßen geht. Das Kind hat keinen Namen mehr, doch wenn es von sich spricht, nennt es sich König. Denn es herrscht über unser

Dorf. »Traumfresserchen, Traumfresserchen«, flüstert das Kind, während es durch die verlassenen, stillen Gassen in unserem Dorf geht. In seiner Stube hat es sogar ein eigenes kleines Bettchen für das Traumfresserchen gerichtet. Das Königskind wartet jeden Abend darauf, dass jemand nach Hause kommt. Es kommt niemand. Es dreht seine Runden durch das Dorf. Es sieht nach, ob noch alles an seinem Platz ist, die Türen geschlossen sind.

Das Kind aus unserem Traum hat auch einen Traum und der Traum ist, dass alle wieder zurückkommen. Wir wünschen dem Kind jeden Tag, dass sich wenigstens das Traumfresserchen in das Bettchen am Ofen legt. Wir mögen den Traum nicht. Jede Nacht träumen wir wieder davon, wie das Dorf verlassen ist und wie einer von uns übriggeblieben ist, wie wir einen von uns hier zurückgelassen haben. Wir fürchten uns alle vor diesem Tag. Jeden von uns könnte es treffen. Wir sprechen nicht darüber. Das echte Traumfresserchen bei uns frisst schon lange keinen unserer Träume mehr. Vielleicht verschwindet das Traumfresserchen mit uns und dann hat das Kind in unserem Dorf niemanden mehr. Hoffentlich weiß das Kind das dann nicht.

(Wir)

Wir loben Milas Schwestern dafür, dass sie so mutig sind. Sie haben Milas Pistole und die Patronen gefunden und gerade übergeben sie uns beides. Wir haben einen Kreis gebildet. In unserer Mitte liegt die Waffe. Wir nehmen die Waffe in die Hand. Wir wissen nicht, wie man sie öffnet. Wir schaffen es trotzdem. Wir geben die Kugeln in die Pistole. Im Krieg benutzen die Erwachsenen keine Pistolen, sondern Gewehre. Wir stehen sicher auch auf irgendeiner Liste, dann werden wir auch in den Krieg müssen. »Geladen«, sagen wir. Wir weichen zurück. Wir behalten die Pistole. Es ist gut, wenn wir sie haben, falls der Krieg zu uns kommt. Wenn er kommt, dann gibt es wieder Erwachsene in unserem Dorf. Wir brauchen die Pistole vielleicht, hoffentlich ganz bald.

Wir geben die Pistole im Kreis herum. Wir gewöhnen uns daran, wie kalt und wie schwer sie in der Hand liegt. Wenn man damit zielt und sie dann abfeuert, gibt es einen Rückstoß. Man braucht also Muskeln in den Armen und Händen, um überhaupt schießen zu können. Etwas fürchten wir uns vor der Pistole. Manche von uns geben sie sofort weiter, ohne sie richtig betrachtet zu haben. Jetzt haben wir eine echte Verteidigung, etwas wirklich Gefährliches in der Hand. Wir könnten wirklich eine Bank damit überfallen. Wir könnten in jedes Geschäft gehen und uns alles nehmen, was wir schon immer haben wollten: Fünf-Liter-Limonadenkanister und Gummischlangen in Fünf-Kilo-Packungen oder Puppen mit Haaren zum Kämmen und Schminkzeug zum

Hübschmachen oder ein Puppenhaus. Niemand in unserem Dorf hat ein richtiges Puppenhaus, so eines, wie die Grimmeisen immer ins Schaufenster gestellt hat, bevor es Weihnachten war. Das Puppenhaus hat drei Stockwerke und in jedem Stockwerk gibt es tapezierte Zimmer. Ganz unten wohnen die Großeltern. Sie sehen anders aus als unsere Großeltern. An ihren Fingern sind sie nicht Gelb vom Rauchen und die Großmutter hat eine Brille und einen Dutt. Unsere Großmütter hatten keinen Dutt, sondern rot gefärbte Haare, die pink geworden sind, weil sie darunter schon weiße Haare hatten. Unseren Großmüttern haben die Zähne gefehlt, unsere Großmütter waren weich, gemütlich und schlampig.

In dem Puppenhaus, das wir uns holen möchten, ist für jedes Kind ein eigenes Zimmer und eine Mutter in einer schönen Einbauküche. In unserem Puppenhaus gibt es keinen Ofen, die Heizung ist im Keller, den man nicht sieht. Jedes Zimmer hat eine andere Tapete und in den Mädchenzimmern ist die Tapete rosa und in den anderen Zimmern blau und im Wohnzimmer neben der Couch steht ein Stubenwagen mit einem Baby darin und das Baby wird vom Vater auf den Arm genommen, wenn es schreit. Der Vater geht auch nicht ins Wirtshaus, sondern jeden Wochentag zur selben Zeit aus dem Haus, und kommt jeden Tag wieder nach Hause. Er begrüßt die Kinder im Kinderzimmer, er gibt der Mutter einen Kuss auf die Wange. Er zieht sich um, denn in der Arbeit muss er sehr ordentlich sein. Er setzt sich nicht vor das Radio mit einer Flasche Schnaps, sondern baut mit den Kindern ein Iglu im Schnee, wenn es Winter ist, und ein Baumhaus im Wald, wenn es Sommer ist. Er geht mit ihnen zur Tropfsteinhöhle und verscheucht die Schlangen auf dem Weg dorthin oder streckt den Arm aus und stoppt damit die Puppenhauskinder, bevor sie in eine alte Fuchsfalle treten. Die Mutter schöpft mit einem Schöpflöffel jeden Samstag Teig in die Pfanne und es gibt Palatschinken mit Marmelade gefüllt und am Sonntag Frittatensuppe mit Rindfleisch, das man beim Fleischhacker geholt hat. Am Sonntagnachmittag macht unsere Puppenhausfamilie einen Ausflug und es gibt Eis für jedes Kind. Einmal werden wir mit der geladenen Pistole zu unseren Eltern fahren und sie zurückholen.

(Wir)

Der Winter ist schnell gekommen. Gerade sind wir noch in kurzen Hosen herumgelaufen. Gerade hat das Obst auf den Wiesen doch erst beschlossen, nach Most zu riechen. Hornissen sind über uns hinweggeflogen und die Sonne hat uns noch auf der Haut gebrannt. Es war diesen Sommer so trocken, dass selbst die Disteln dornten. Wir haben auch dieses Jahr nur manche Äpfel aufgehoben, nur manche Zwetschgen von den Wiesen geklaubt und von den Bäumen gepflückt. Wir haben mit den Früchten nur unsere Taschen gefüllt. Keiner hat die Birnen und Äpfel in die Keller getragen. Niemand kennt mehr die Stellen, wo man die Äpfel hinlegt und wo der beste Platz für die Kartoffeln ist, damit sie fast ein Jahr nicht weich und faulig werden oder austreiben.

Heute sind wir zum Königsnussbaum gegangen. Unsere Hände stecken noch in keinen Handschuhen, wir müssen sie erst finden. Unsere Hände werden kalt. Wir klettern auf die Mauer hinter dem Baum, auf den Baum, wir suchen nach den letzten schwarzen Nüssen auf dem Pflaster unter den Nussblättern. Wir legen die Nüsse auf einen Haufen, ärgern uns über die hohlen, die schon ein Tier angeknabbert hat. Wir suchen flache Steine, mit denen wir die Nüsse zerschlagen. Wir finden fast keine Nüsse mehr.

Als wir hierhergekommen sind, hat eine weiße Schale auf der Mauer gestanden. Mila kennt unseren Baum auch. Deshalb hat sich einer in die Baumkrone gesetzt, um Ausschau nach ihr zu halten. Er sieht auch Richtung Stadt, manchmal zu uns herab und ins Dorf hinein. Er könnte uns warnen, wenn einer ins Dorf kommt oder geht. Wir warten nicht mehr darauf. Nicht einmal den Bürgermeister haben wir mehr gesehen.

Wir ziehen unsere Jackenärmel über die kalten Hände und wärmen uns darin. Wir treten von einem Fuß auf den anderen, wir laufen einmal um die Mauer herum, damit uns warm wird. Dann pfeift es von der Baumkrone herunter und wir hören das Rufen von oben: »Da kommt einer, Leute, geradewegs in das Dorf.«

Wir klettern auf den Baum bis in die Krone, laufen auf die Straße, rufen uns zu, was wir sehen und hören. Und dann ist es klar: Es ist das weinrote Auto, das im Sommer weggefahren ist, das sich den Berg hinaufgemüht hat, so beladen, wie es war. Es ist das Auto, das nur einmal gehupt hat, als es den Dorfplatz verlassen hat, und von dem wir überzeugt waren, dass es halten würde, wenn wir uns ihm in den Weg stellen. Warum er zurückkommt, fragen wir uns, ob er bleiben wird, ob er seinen Hund sucht, den wir verloren haben. Wir sind neugierig auf seine Geschichten. Hier gibt es keine Neuigkeiten mehr. Seit das Wirtshaus zu ist, seit die Alten weg sind, trifft sich niemand mehr zum Austauschen von Neuem. Wir bekommen keine Zeitungen, keine Briefe, keine Pakete, keine Anrufe mehr ins Rathaus. Wir wissen es: Es wird sich etwas in unserer Welt verändern. Wir klettern vom Baum, stellen uns alle auf die Straße und reden durcheinander. Der Fleischhacker ist heute ein Eindringling. Niemand darf von uns wissen. Wir müssen uns verstecken. Wir wollen wissen, was er im Dorf macht. Das Auto ist schon fast hier und wir greifen in unsere Hosentaschen und die Hand umschließt das Schwarze darin und zieht es heraus. Wir legen es in die Mitte. Wir alle spüren es: Jetzt wird etwas geschehen. Einer von uns wird sie aufheben und auf ein Ziel richten. Sie wird nicht geladen sein, wenn wir abdrücken. Wir üben hier nur das Zielen und Schießen auf den Fleischhacker in seinem weinroten Auto. Alle wissen wir vom Rückstoß, den so eine Waffe hat, wenn sie geladen wäre. Darum stellen wir uns breitbeinig auf, einen Fuß etwas weiter nach hinten versetzt. Wir zielen und wir schießen und unsere Arme werden nach hinten geworfen, und es wundert uns noch, wie gut wir spielen können, dass die Waffe geladen ist. Wir hören auch etwas und der Knall lässt uns Richtung Fleischhackerauto schauen. Und dann sehen wir es: Das Auto fährt noch, aber wir sehen keinen Fleischhacker mehr, der in unsere Richtung blickt. Sein Kopf ist auf das Lenkrad gesunken.

(Automechaniker)

Ich hab mir nichts dabei gedacht. Gegangen bin ich, weil ich keine Autos mehr reparieren konnte, weil es niemanden mehr gab, der Geld hatte für meine Reparaturen. Am Ende hab ich sie nur noch gegen Essen hergerichtet. Vom Essen kann man sich keine Ersatzteile kaufen und ohne Ersatzteile kann man keine Autos mehr reparieren. Überhaupt nichts zu haben, außer den Schlaf und die Hoffnung auf den nächsten Tag, der wieder keine Arbeit gebracht hat. Ich wollte das hinter mir lassen. Deshalb hab ich sie nicht mitgenommen. Ich hab auch alles versperrt und verriegelt. Ich hab gar nicht lange darüber nachgedacht, als ich gegangen bin, da war sie wirklich nicht meine erste Sorge. Und warum ich sie überhaupt hab? Es gab Zeiten in meinem Leben, da hab ich nicht so einen geradlinigen Pfad eingeschlagen. Deshalb das Ding. Ich hab sie tatsächlich nie gebraucht. Es war so eine Art Sicherheit für mich. Ich bin ein ruhiger Mensch. Ich hab allein gelebt. Ich hatte keine Sorge, dass ich sie mal auf jemanden richten könnte, der mir eigentlich lieb ist. Man hätte den Kindern verbieten sollen, in die Häuser zu gehen, die leer stehen. Man hätte die Kinder auch mitnehmen sollen.

Die Kinder aus dem Dorf haben mir manchmal geholfen. Wenn sie bei mir waren, waren sie beschäftigt. Ich wollte das. Sie waren beaufsichtigt. Sie kamen auf keine dummen Ideen. Ich mag Kinder. Sie haben gespielt, dass sie in einem anderen Land sind, dass sie Polizisten sind und wilde Verfolgungsjagden mit den kaputten Autos machen. Sie haben in meiner Werkstatt Mörder und Räuber gefangen, haben Kabel benutzt, um die Täter zu fesseln. Sie haben die Geräusche von Maschinengewehren nachgemacht, trtttttttt, trttttttt hat es in meiner Werkstatt voller Leben gehallt. Wenn die Kinder gekommen sind, hab ich den Kassettenrecorder leiser gestellt, um ihnen zuzuhören. Manchmal waren sie auch im Urwald und durften nicht in die Sonne treten, die durch die Fenster und durch die Dachluken geschienen hat. Die Sonnenstellen waren für sie Tümpel mit giftigen Schlangen und in den großen hat es sogar Krokodile gegeben. Sie sind von Schatten zu Schatten gehüpft und haben Schätze in meiner Werkstatt gesucht. Dort, wo es geglänzt hat, haben sie die gefunden. Ich hab kein einziges Mal dabei an das Teil gedacht, das sich immer auch mit den Kindern bei mir befunden hat. Die Kinder müssen sich stark verändert haben durch den Konflikt, der zum Krieg geworden ist. Sie werden davon gehört und vielleicht sogar Bilder gesehen haben von den verblutenden Menschen, von den abgetrennten Köpfen.

(Mila)

Über dem verfaulten Obst haben sich Hornissen ein Nest gebaut. Reif überzieht an diesem Tag das Obst, es riecht nicht mehr, der Hornissenkobel hängt darüber. Mila liegt neben dem Hornissennestbaum, schaut durch die Hecke. Sie war gerade beim Königsnussbaum, um die letzten Nüsse zu finden. Sie hat gehört, wie die Kinderschar immer weiter herangerückt ist. Auch sie wissen von diesem Baum. Aber niemand von ihnen weiß vom Hornissennest hinter der Hecke. Dorthin ist Mila geflüchtet. Sie beobachtet, wie die Kinder sich gegenseitig auf den Hinterkopf schlagen. Juris Hose ist an der Seite ausgebeult. Mila versucht zu erkennen, was er darin haben könnte. Etwas in den Stimmen der anderen Kinder lässt Mila aufmerksam werden. Sie robbt durch das dürre Gras, über den Reif näher an die Hecke heran. Sie kann sehen, wie ein paar von ihnen aufgeregt vom Baum weg auf die Straße laufen. Sie kann sehen, wie sie sich aufstellen und diskutieren. »Ein Auto«, hört Mila. »Der Fleischhacker!« Zwischen der Hecke und den Beinen der Kinder sieht Mila, wie Juri die Pistole auf die Straße legt, und sie sieht, wie die Kinder die Pistole aufheben und reihum aus dem Dorf hinausschießen. Mila hört das Auto lauter, sieht wie die Kinder die Waffe fallen lassen, zu laufen beginnen. Da ist das Auto schon in die Hecke gefahren und fährt weiter auf den Hornissennestbaum zu. Mila springt auf, aus der Deckung der Hecke, kratzt sich dabei die Arme auf. Auf der Straße liegt die Pistole. Das Auto fährt gegen den Baum und bleibt stehen. Mila schaut nach dem Fleischhacker. Er liegt mit dem Kopf auf dem Lenkrad. Er blutet. Er atmet nicht. Mila geht auf die Straße, hebt die Pistole auf und verschwindet.

(Wir)

Es ist Nacht. In unseren Betten reiben wir die Füße und Hände aneinander, wir drücken die Augen fest zu, wir versuchen zu schlafen und lassen unsere Gedanken zu Tomte wandern. Kein Tomte kommt zu uns in dieser Nacht und kein Traumfresserchen wandert durch das Dorf. Heute sind wir es. Wir wecken uns gegenseitig wie eine stille Post. Einer hat sich den Wecker gestellt, muss nur die Straße überqueren, weckt den nächsten, und wenn der Mond weiter so scheint, braucht er dafür nicht einmal eine Taschenlampe. Wir gehen durch das Dorf und werfen Steine an die Fenster, bis alle auf der Straße stehen. Dann gehen wir zum Königsnussbaum. Wir suchen im Mondschein die Pistole. Sie liegt nicht auf der Straße, nicht in der Hecke, nicht beim Baum. Unter das Auto kommen wir nicht. Wir müssen den Toten wegbringen. Irgendwann wird es auffallen. Irgendwann wird irgendjemand den Fleischhacker, seine Anrufe, seine Briefe vermissen. Wir lassen ihn verschwinden. Wir schieben den Fleischhacker auf den Beifahrersitz. Wir fahren das Auto zum Weiher. Nebel schwebt überm Wasser. Der Mond ist so hell, dass wir die Lichter vom Auto nicht aufdrehen. Wir fahren es bis ans Ufer. Am Ufer steht der Hund vom Fleischhacker und hält seine Pfote ins Wasser.

(Wir)

Mila ist kein gewöhnliches Kind. Wie sie Suppe auf den Tisch stellt, wie sie ihren Schwestern die Haare kämmt und flechtet, wie sie überhaupt immer so geordnet ist. An keinem Tag vergisst sie, das Essen zu kochen oder einzuheizen. Wir würden gerne wissen, wann Weihnachten ist, deshalb stehen wir da. Mila weiß es sicher. Wir stehen vor ihrem Fenster und blicken sie an und da trifft uns auch ihr Blick und sie hält stand. Sie senkt nicht die Augen, wie sie es vor dem Dorf im Regen gemacht hat. Sie sieht uns an, als wüsste sie etwas, als hätte sie etwas, was uns besiegen könnte. Wir beneiden sie. Wir ducken uns aus ihrem Sichtfeld, gehen Richtung Wald. Der Wald hat moosige Stellen und eine Tropfsteinhöhle. Die Höhle ist nur ganz klein und wir brechen die Dolden wie Eiszapfen ab. Im Wald spielen wir verstecken. Über uns ziehen die Blechvögel ihre Bahnen. Wir machen uns klein.

Wir beschließen, in manche Häuser zu gehen. Wir entscheiden, dass wir in Werkstätten, Ställe und Holzhütten einbrechen dürfen. Heute gehen wir zuerst in die Werkstatt des Automechanikers. Wir suchen ein Schlupfloch. Unter der Werkstatttür ist ein Spalt. Eine schlüpft hindurch und öffnet sie. Wir stehen in der Werkstatt des Automechanikers und es ist aufregend. Wir laufen schon zu einem Auto, das noch hier steht, setzen uns hinein und drücken die Pedale, wir suchen in den Schränken Werkzeug und wir finden Schraubenzieher und Zangen und Kabel.

Wir schmücken uns damit. Wir verstellen unsere Stimmen und rollen das R, wie der Automechaniker es getan hat. Wir basteln an dem Auto herum, wir versuchen die Räder abzuschrauben und Luft abzulassen. Wir öffnen die Motorhaube und fachsimpeln darüber, wo die Kolben sind, und wir messen den Ölstand. Unsere Finger sind schon ölig und schmutzig. Einer findet ein Tuch, hingeworfen in die Mitte des Raumes, und wir putzen uns damit die Hände. Wir öffnen Türen und Schubladen, gehen weit nach hinten in der Werkstatt, wo fast kein Licht mehr hinkommt. Unsere Augen gewöhnen sich langsam an das Dämmerlicht.

Es ist Juri, der die Patronen findet. Er öffnet eine Lade und da liegen die Patronen in einer Schachtel wie für Schrauben. Wir bekommen Angst, wir denken an den Fleischhacker. Juri steckt die Patronen in seine Tasche und sagt: »Es ist besser so, ich werde sie vergraben und niemand darf wissen, wo.« Wir nicken, sind einverstanden, dass wir dieses Geheimnis besser wieder verschwinden lassen. Wir verlassen die Werkstatt, schieben den Riegel vor, schlüpfen unter dem Tor durch und stehen in der Kälte.

(Mila)

Mila setzt einen Fuß vor den anderen, wie es ihre Großmutter gemacht hat und ihre Mutter, und wahrscheinlich wurde schon ihnen nachgepfiffen. Auf diesem Dorfplatz haben sich die Augen der Mutter und des Vaters, die Augen von Großvater und Großmutter wahrscheinlich das erste Mal gekreuzt, und alles ist gekommen, wie es kommen musste.

Und plötzlich hat Mila vergessen, wie es ist, wenn man aufrecht über den Dorfplatz geht, wie man einen Fuß vor den anderen setzen muss, wie man das Gleichgewicht hält. Mila bemüht sich, dass ihre Lippen nicht zu zittern beginnen, auch wenn ihre Augen schon begonnen haben zu brennen und sich mit Tränen zu füllen. Mila schafft es nicht mehr, in diesen Augenblicken stärker aufzutreten, ihre Füße in den Boden zu treten und so zu tun, als wäre sie hier die Einzige, die diesen Boden betritt mit einem Ziel vor Augen: diesen Platz zu überqueren, ohne dabei das Gleichgewicht, die Fassung, die Zielstrebigkeit und sich selbst zu verlieren. Sie hat bisher gar nicht daran gedacht, dass da die anderen existieren, die in ihre Richtung stieren und jede ihrer Bewegungen bewerten, sich die Hand vor den Mund halten und hinüberflüstern zu ihren Freunden, über sie sprechen. Sie erzählen einander davon, wie sie nackt auf der Straße gestanden hat, wie klein ihre Brüste sind und wie haarig ihr Unterleib. Sie bewerten nun ihre Kleidung im Verhältnis zu ihrem Körper.

Gleich fällt Mila und schlägt auf dem Boden auf. Der Staub steigt um Mila herum auf wie Dampf und beruhigt sich erst später wieder. Mila liegt auf dem Schotter und weiß nicht, wie sie aufstehen soll, und sie kommen nicht und helfen ihr nicht. Das ist es, was Mila am wenigsten möchte, dass sie nicht kommen, um ihr zu helfen. Mila geht weiter. Im Augenwinkel sieht sie Juri. Er kommt ihr entgegen.

Er grüßt sie leise. Etwas in seiner Stimme ist traurig, vorsichtig, und er versucht Mila anzulächeln. Sein Gesicht wird wieder ernst, sie gehen aneinander vorbei. Juri streckt schnell seine Hand aus und gibt Mila eine Schnur, an der Schnur hängt ein weißer Beutel. »Bring sie weg«, flüstert er. Mila bleibt stehen. Juri geht weiter, pfeift, begrüßt die anderen laut, als wäre nichts geschehen. Die Kinder lachen. Mila beginnt zu laufen. Sie läuft zur Schule, klettert über das Tor und stolpert die Treppen zur Schultür hoch. Die Beine sacken ihr weg. Sie hält sich am Treppengeländer fest, stützt sich auf das Material, das nicht nachgibt und weich wird wie ihre Beine. Sie öffnet Juris Beutel. Patronen. Die Wut steigt ihr ins Gesicht und ist so groß, dass sie zu zittern beginnt. Mila weiß, wenn sie einen Teller hier hätte, würde sie ihn an der Wand zerschmettern wie der Vater. Sie greift sich in den Nacken.

(Pfarrer)

Wir sind alle immer auch geleitet davon, wie uns die Welt begegnet, und diesen Kindern ist die Welt nie richtig gut begegnet, und die Wege des Herrn sind unergründlich, und ich und alle anderen haben darauf vertraut, dass es auch einen Weg für diese Kinder gibt. Man weiß nie, wie sich die Welt gestaltet, und schon gar nicht rechnet man mit so etwas. Nein, wenn ich es gewusst hätte, wie fehlgeleitet sie sind, dann wäre auch ich wahrscheinlich nicht gegangen. Es ist nun so gewesen, dass man mich abberufen hat, und ich hatte nichts dagegen einzuwenden. Wie ich immer zu sagen pflege: Was in den Augen des einen richtig erscheinen mag, ist häufig in den Augen eines anderen falsch. Natürlich muss man immer im Namen Gottes handeln und Gott hat es verboten zu stehlen, hat es verboten zu hetzen und zu morden. Diese Kinder sind dem Teufel auf den Leim gegangen. Anders kann man sich solche Abscheulichkeit ja nicht erklären.

(Wir)

Hinter dem Dorf machen große Vögel Rast. Sie suchen etwas zu fressen, sie picken im Gras und tauchen ihre langen Schnäbel in unseren Weiher, dann sehen wir an ihrem Hals, wie sie schlucken. Es regnet und regnet. Dann kommt ein ganz kalter Wind. Wir ziehen die Kapuzen weit über die Ohren. Es wird so schnell kalt, dass den Vögeln die Flügel einfrieren. Sie können nicht mehr vor uns davonfliegen. Wir gehen zu ihnen hin. Wir streicheln ihre Flügel. Ihre Federn sind nicht weich. Sie versuchen davonzustolzieren. Sie wenden ihre Köpfe und wollen uns mit ihren spitzen Schnäbeln verletzen. Wir geben ihnen Würmer und tragen sie in unsere Häuser. Wir lassen sie nicht gleich in die Küche. Sie sterben, wenn wir sie zu schnell erwärmen. Auch wenn man zu lange Hunger hat, darf man nicht sofort alles essen, das haben uns unsere Großväter erzählt. Wir lassen die Vögel zuerst nur in unsere Vorhäuser. Wir gehen zurück zum Weiher und fangen Fische. Wir müssen noch kein Loch in eine Eisdecke schlagen. Bald wird es so weit sein. Noch können wir unsere Angelhaken so ins Wasser tauchen. Wir warten lange in der Kälte, bis endlich einer anbeißt. Dann warten wir wieder lange. Wir suchen weiter nach Würmern für die Vögel und für unsere Angelhaken. Es ist so kalt, dass wir unseren Atem sehen. Wir fangen uns gegenseitig, damit uns warm wird. Aber wir müssen stillstehen, damit die Fische zu uns kommen. Es fängt schon an zu dämmern. Vielleicht kommt wieder der Hund vom Fleischhacker. Wir suchen ihn, doch wir können ihn nirgends finden. Er ist nicht in den Sträuchern, nicht im Schilf, nicht in den Booten. Wir haben genug Fische und Würmer. Wir gehen nach Hause. Dort gießen wir in Schalen Wasser und legen die Würmer und Fische auf die Betonböden in unseren Vorhäusern. Jetzt teilen wir unsere Häuser mit Vögeln. Unsere Vögel stehen einbeinig da und warten.

(Wir)

Vielleicht ist Weihnachten schon vorbei. Wir laufen durch das Dorf, wir spielen wie jeden Tag »Wer hat Angst vorm schwarzen Mann« und »Ochs am Berg«. Wir spielen die Spiele nur mehr halbherzig, wir haben die Lust schon lange daran verloren und trotzdem schlagen wir sie vor, denn wir wissen sonst an manchen Tagen nichts mit uns anzufangen. Wir zählen aus, wer als nächstes Fänger sein muss. Die Größeren unter uns scheinen ein System zu haben, denn sie verstehen es jedes Mal, so zu zählen, dass sie selbst nie Fänger werden. Wir spielen auch »Eins, zwei, drei, angeschlagen«. Zuerst muss man sich verstecken. Das haben wir gelernt, vor allem, seit diese Blechvögel über uns hinwegfliegen. Findet einer einen, läuft der davon und muss zuerst am Garagentor des Automechanikers ankommen. Auch das Weglaufen ist eine gute Übung für uns, denn so lernen wir, dass wir uns unauffällig verhalten, dass wir schnell sein müssen und gewandt. Es ist unser Lieblingsspiel geworden. Von der Böschung holen wir uns Haselnusssträucheräste und biegen sie. Wir binden die gebogenen Äste mit einer Schnur zusammen. Wir schnitzen Pfeile aus den dünneren Ästen. Dabei schneidet sich einer die Fingerkuppe ab. Er blutet furchtbar. Wir stillen das Blut mit einem Geschirrtuch, überlegen, ob wir Hilfe holen sollen. Aber es ist so kalt und der Schnee liegt so hoch und die Stadt ist zu Fuß sehr weit weg und die Kuppe wird nicht mehr anzunähen sein, bis wir in der Stadt angekommen sind. Und wer weiß, ob noch jemand in der Stadt ist.

Wir setzen uns in den Schnee zu ihm und sehen zu, wie das Fingerstück den weißen Schnee rot färbt. Wir schmelzen Schnee in unseren Händen und geben dem Kuppenkind zu trinken.

Dann geht unser Spiel weiter und wir spielen »Eins, zwei, drei, angeschlagen« mit Pfeil und Bogen. Die Fänger dürfen uns mit den Pfeilen abschießen. Wir müssen also nicht nur schnell sein, sondern auch ausweichen können. Jetzt wollen auch die Großen Fänger sein. Sie können schon gut mit ihren Bögen zielen und schießen. Wir schießen uns nur von hinten ab, haben wir beschlossen. Letztes Jahr hat ein Pfeil ein Auge getroffen und der Automechaniker ist mit dem Kind ins Krankenhaus gefahren. Das Auge ist aus Glas und starrt immer nur in eine Richtung. Das Glasauge muss jeden Abend gewaschen werden, und wenn das Kind weiter so wächst, braucht es bald ein neues.

An Tagen wie diesen passiert es uns, dass wir so in das Spiel vertieft sind, dass wir vergessen, Essen zu kochen, dass wir vergessen, unsere Wäsche zu waschen, dass wir am Abend in ein kaltes Haus kommen, weil niemand eingeheizt hat. An diesen Tagen streiten wir mit unseren Geschwistern und weinen wir. Am nächsten Tag haben wir keine frische Kleidung und wir nehmen die Marmelade aus den Regalen. Marmelade, die noch unsere Großmütter gekocht haben. Wir haben kein Brot mehr im Haus und deshalb stecken wir unsere Finger in die Marmelade und frühstücken wie im Schlaraffenland.

Wir spielen auch Prinzessin und Ritter. Dazu ziehen wir uns Kleider und Schuhe an, die wir in den Schränken unserer Eltern und Großeltern finden. Wir schnitzen uns Schwerter und binden uns Tücher in die Haare. Das sind unsere Kronen. Jedes unserer Häuser ist ein Königreich. In jedem Königreich wohnt eine Prinzessin. Jeder Ritter bewacht eine Prinzessin. Die Prinzessinnen wollen sich gegenseitig besuchen. Wenn sie mit ihren hohen Schuhen über die Steinchen auf der Straße tänzeln, dürfen die anderen Ritter sie stehlen. Die Feinde lauern hinter Mauern, Bäumen, Sträuchern, Hausecken. Sie schleichen sich leise an und überfallen einen im schwächsten Moment. Wenn wir stolpern, wenn wir gerade das Kleid der Großmutter durch eine Pfütze geschleift haben und wir an uns heruntersehen, um festzustellen, wie viel Dreck daran hängt. Dann kommen die anderen Ritter, schubsen und zerren die Prinzessin in ihr Königreich. Natürlich schreit die Prinzessin, und es kann vorkommen, dass sie auch kratzt und beißt. Sie darf das. Die feindlichen Ritter schaffen es trotzdem meistens, dass sie in ein neues Königreich verschleppt wird. Die Prinzessinnen kann man dann freikaufen oder freikämpfen. Wir kommen uns zu klein vor, als wir heute dieses Spiel spielen. Wir sollten lieber in einem Türeingang sitzen und rauchen. Unsere Rücken sind zu schmal, unsere Prinzessinnenschuhe zu groß, unsere Schwerter nur aus Holz. Wir sind plötzlich wieder wir. Wir sind keine Prinzessinnen, keine Ritter mehr. Unsere Fräulein-Ansprache, unser Werter Herr sind dumm. Wir schubsen uns fester, wir beißen und kratzen plötzlich so, dass wir richtig bluten. Wir hören auf mit unserem Spiel.

Wir gehen nach Hause und suchen in der Küche nach etwas zum Essen. Wir gehen zu unseren Freunden. Wir tauschen Nudeln gegen Eier, Eier gegen Dosenwurst, Dosenwurst gegen Nudeln. Wir haben keine Dosenwurst mehr.

(Wir)

Wir packen in unsere Rucksäcke alles, was wir noch zu essen finden. Der Wind fegt durch unsere Häuser. Es schneit. Wir ziehen die Wollsocken unserer Großmütter über unsere Strümpfe. Wir schlüpfen in unsere Schianzüge, in die Daunenjacken unserer Großväter, in Pelzmäntel, werfen die Rucksäcke auf unsere Rücken. Unsere Vögel lassen wir in den Küchen zurück. Dann stehen wir vor unseren Türen. Wir stecken die Schlüssel in die Schlösser und drehen zweimal um. Wir gehen Richtung Stadt. Wir setzen die Kleinen auf Schlitten und ziehen sie hinter uns her. Es schneit so stark, dass wir das Ende des Dorfes nicht sehen. Wir gehen an unserem Königsnussbaum vorbei. Heute fliegen keine Blechvögel über unseren Köpfen. Im Schneegestöber verschwimmt die Landschaft mit dem Himmel. Auf dem Hügel erkennen wir nicht mehr, wo unser Dorf ist und wo die Straße weitergeht. Unsere Füße sind nass, unsere Hände in den Handschuhen steif vor Kälte. Wir gehen weiter. In der Stadt gibt es noch Geschäfte mit Essen. In der Stadt gibt es warme Säle, wo Suppen ausgeteilt werden. In der Stadt leben vielleicht doch unsere Eltern. In der Stadt ist vielleicht schon der Krieg angekommen. In der Stadt sind vielleicht schon alle Häuser kaputt. In der Stadt gefriert das Wasser aus den kaputten Leitungen auf der Straße. In der Stadt wohnen die Menschen auf der Straße. In der Stadt muss man sich in Decken wickeln. In der Stadt gibt es kein Holz mehr.

Vor unseren Häusern im Dorf stapelt sich noch das Holz. In der Stadt fliegen die Blechvögel und lassen

Bomben fallen. Man versteckt sich dort, wo noch ein Türstock steht, hinter den Trümmern der Häuser. Man sucht nach den Verschütteten. Wir erkennen keine Bäume mehr am Straßenrand, so dicht ist der Schneefall geworden. Wir setzen uns auf unsere Schlitten und fahren hinunter in unser Dorf.

(Mila)

Seit der Vater fort ist, gehen die Schwestern Mila aus dem Weg. Mila beobachtet sie, wie sie ihre Rucksäcke packen. Sie geben die Kekse hinein, die der Vater im letzten Winter gebacken hat. Mila erlaubt es ihnen. Die Spinne saß dem Vater nicht immer im Nacken. Die Schwestern stehen mit ihren Stiefeln in der Tür. Sie drehen sich nach Mila um. Es weht Schnee herein. Die Schwestern spielen wieder Fortgehen. Mila kann es nicht erwarten, endlich erwachsen zu sein. Auch sie wird dann fortgehen. Noch ist es nicht so weit und noch weiß sie nicht, welchen Platz es für sie in der Welt da draußen gibt. Noch muss sie im Dorf bei den Schwestern bleiben. Sie ist noch zu jung, um gute Arbeit zu bekommen. Noch ist das Dorf der einzige Platz, der es halbwegs gut mit ihr meint. Bald, bald schon werden die Ersten fortgehen und Mila wird zu ihnen gehören. Der Vater wird wieder zu den Schwestern kommen, wenn der Krieg vorbei ist. Sie wird gehen, wenn Juri geht. Mila wird ihren Schwestern Briefe schicken. Dem Vater auch. Die Schwestern werden ihre Briefe vielleicht nicht lesen können. Sie muss dem Vater sagen, dass er ihnen das Lesen beibringen muss. Mila wird zum Lehrer gehen oder zu Onkel Valentin. Mila möchte Lehrerin werden. Wenn der Krieg vorbei ist und es wieder Kinder gibt, wird sie vielleicht zurück ins Dorf kommen und im Lehrerhaus wohnen. Der Vater wird dann schon alt sein, aber freundlich. Die Mutter, die im Wohnzimmer sitzt und strickt, wird Mila abhängen. Sie wird die Schwestern und den Vater jeden Tag besuchen können. Am

Vormittag wird sie den Kindern Lesen, Schreiben, Rechnen, Malen, Lachen, Putzen, Kochen beibringen. Am Nachmittag wird sie dem zahnlosen Vater Brei kochen, den Schwestern bei den Hausübungen helfen, und wenn sie groß genug sind, wird sie sie in ein Internat schicken, damit sie noch mehr lernen.

Mila hört die Schwestern an der Tür. Sie steht auf und wärmt Milch in einem Topf. Wenn es draußen so kalt ist, dann tut eine Tasse Milch gut. Sie hört den Wind pfeifen. Das kaputte Fenster hat der Vater mit Brettern, Papier und Stoff gestopft. Der Wind drückt den Schnee durch die Ritzen. Die Schwestern sprechen nicht, sie machen die Tür auf. Mila schaut zu ihnen und da steht der Vater. Schnell versteckt Mila ihre Diebin-Hand hinter dem Rücken. Der Vater ist voller Schnee. Er legt den Zeigefinger auf den Mund. Er trinkt die lauwarme Milch direkt aus dem Topf. Dann holt er sich eine Jacke, seine guten Schuhe. »Niemand hat noch mit so einem Winter gerechnet«, sagt er, bevor er wieder in die Kälte hinausschlüpft. Auf dem Küchenboden hat sich eine Lache vom Vater gebildet. Darin spiegeln sich Milas Beine. Mila hat die Spinne nicht im Nacken des Vaters gesehen.

(Wir)

Der Winter geht so schnell vorbei, wie er gekommen ist. Jetzt schmilzt der Schnee und die Reißverschlüsse unserer Jacken können wir schon offen lassen. Wir haben alles getauscht. Es gibt in keinem Haus mehr Fleisch, Wurst oder Käse. Wir trinken Milch, wir backen Brot, wir essen aus den Marmeladegläsern und zählen die eingekochten Gurken, Tomaten, Kürbisse. Es dauert nicht mehr lange, bis wir alles gegessen haben. Wir gehen in die Ställe und schauen nach dem Heu. Wir können nicht mehr vom Dachboden darauf herunterhüpfen. Wir würden uns die Beine brechen. Wir geben den letzten Kühen nur ein bisschen Heu. Aus ihren Eutern pressen wir jeden Tag weniger Milch. Noch wächst nirgends etwas, was wir essen könnten. Wir laufen durch das Dorf. Wir gehen in die Gärten. Wir klettern auf die Kirschbäume. Nirgends ist ein Blatt oder eine Blüte zu sehen. Wir trampeln auf den letzten Schneehaufen herum. Von der Straße ist fast nichts mehr übrig. Der Winter hat sie zerstört. Es gibt nur mehr wenige Steine und viel Sand. Unsere Schuhe sind nass und gatschig. Wir verteilen den Schnee auf dem Straßenrest. Er schmilzt und kleine Bäche rinnen zum Dorfplatz.

Auf dem Dorfplatz sitzt niemand. Wir vermissen sogar die harten Ringe an den Händen unserer Eltern, wenn sie mit flacher Hand unsere Wangen getroffen haben. Da haben sich die Erwachsenen wenigstens so daran erinnert, dass es uns gibt. Dass wir echte Kinder sind. Unter unserer Haut fließt echtes Blut. Wir können an unseren Händen die blauen

Adern erkennen. Wir müssten nur die richtige Stelle finden, ein geeignetes Messer und schon könnten wir uns so schneiden, dass die Blutung nicht mehr gestillt werden kann. Auch dann würden sie es nicht einmal bemerken, dass es uns nicht mehr gibt.

Wir nehmen Messer, Nadeln und Streichhölzer und gehen zum Königsnussbaum. Wir ritzen mit den Messern das Datum, an dem wir geboren wurden, in seine Rinde. Wir nehmen Nadeln und Streichhölzer und machen die Spitzen der Nadeln heiß und rußig. Wir tätowieren uns. Jeder bekommt seinen Namen auf den Oberarm. Wenn sie uns einmal finden, wenn wir aus Langweile verrottet sind, dann werden sie sich wenigstens darüber wundern, dass wir Namen hatten. Die Langweile ist wie der Hunger. Beide werden von Tag zu Tag größer.

(Wir)

Wir sitzen um unseren Königsnussbaum. Manche von uns haben sich auf die Mauer gesetzt. Es ist noch kühl. Wir sehnen uns nach dem Herbst und dem Sommer und dem Geräusch, wenn die Nüsse auf das Pflaster fallen, wenn wir ihre Schale mit großen Steinen knacken. Heute können wir nur die grünen, noch kleinen Früchte vom Baum nehmen und öffnen. Die Nussschalen innen sind noch ganz weich. Wir können die Nusskerne fast nicht von der Nussschale unterscheiden, so unreif sind die Nüsse noch. Wir kosten sie. Sie schmecken noch nicht. Unsere Hände färben sich von dieser Arbeit erst grün, dann gelb. Morgen haben wir braune Flecken auf unserer Haut. Wir kennen alle Nussbäume in unserem Dorf, doch dieser Nussbaum ist der beste. Er heißt deshalb Königsnussbaum. Er trägt die größten Früchte. Früher hat uns die Frau fortgeschickt, die in dem Haus gewohnt hat, zu dem der Nussbaum gehört, wenn sie gesehen hat, dass wir die unreifen Nüsse von den unteren Ästen geholt haben. In ein paar Monaten sind die Nüsse reif. Dann ist ihre Schale schon so weit, dass wir Steine brauchen oder unsere Füße, um sie im Schotter unter unserem Gewicht zu zerdrücken. In ein paar Monaten ziehen wir von Nussbaum zu Nussbaum, und dieses Jahr gibt es absolut niemanden mehr, der uns in die Taschen greift und uns des Diebstahls der größten Nüsse beschuldigt. Sie haben gedacht, wir würden bei ihnen die größten Nüsse stehlen, dabei sind wir immer zum Königsnussbaum gegangen und haben in ihren Gärten nur so getan, als ob wir Nüsse sammeln würden. Wir haben viele Streiche gemacht, als die Alten noch da waren. Es war uns nicht langweilig. Einmal haben wir ihre Medikamente versteckt. Wir haben die Tabletten in andere Schachteln gegeben und die Schachteln hinter Brotdosen, unter Betten, in der Speisekammer versteckt. Erst als sie Atemnot und Kreislaufbeschwerden bekommen haben, erst als eine umgefallen ist, haben wir ihnen die Tabletten wieder gegeben und ihnen gezeigt, welche in welche Schachtel gehört. Wenn wir für sie gekocht haben, haben wir ihnen in die Suppe gespuckt. Einmal haben wir ihnen Abführmittel gegeben. Sie haben den ganzen Tag auf dem Klo gesessen. Wir haben gelacht. Es hat Spaß gemacht, als die Alten noch im Dorf waren.

Statt mit Nüssen spielen wir mit unseren Körpern. Wir strecken die Zunge heraus und formen sie zu einem Röllchen. Sieben Kinder können das nicht. Wir biegen den Mittelfinger über den Zeigefinger und den Ringfinger über die beiden anderen und manche schaffen es auch noch, den kleinen Finger daraufzulegen. Das macht sie dann stolz, aber dieses Gefühl hält nicht lange an. Wir schauen, wer seine große Zehe zum Mund führen kann. Dafür setzen wir uns auf den kalten Boden. Jemand schlägt vor, dass wir Fahrrad fahren könnten. Niemand hat Lust darauf.

(Mila)

Mila hat keine Familie mehr in diesem Dorf, in diesem Land, in das die Mutter sie vor Jahren im Schlafzimmer der Eltern hineingeboren hat. Damals lebte noch der Großvater, der in der Küche auf und ab gegangen sein und gebetet haben soll, dem Kind und der Mutter möge es gut gehen. Die Mutter lag noch tagelang in dem Zimmer, nur der Vater zeigte dem kleinen Mila-Wesen das Haus und die Welt. So klein wie Mila war, öffnete sie nur hin und wieder eins ihrer Augen und schrie, wenn sie die Brust der Mutter brauchte. Die Mutter lag blass und schwach im Doppelbett und man kochte ihr Schweinsleber und Rote Rüben, damit sie wieder Blut ins Gesicht bekam, und sie wurde später trotzdem noch zweimal schwanger. An die Geburt der ersten Schwester hat Mila keine Erinnerung mehr. Nur an den Großvater, auf dessen Schoß Mila manchmal einschlafen durfte, und vielleicht war es auch in der Geburtsnacht so. Bei der zweiten Schwester gab es keinen Großvater mehr, der bangend hin und her wanderte, keinen mehr, der Mila auf den Schoß setzte und im Schaukelstuhl Lieder sang. Mila saß allein und lauschte, wie die Mutter schrie, sah die Hebamme in die Küche huschen, den Vater, der immer neue Handtücher und schließlich auch Geschirrtücher und Laken suchte. Die andere Schwester schlief oder war zusammengekauert in einer Ecke des Wohnzimmers geblieben, nur Mila wollte zur Mutter. Die Tür ins Schlafzimmer war geschlossen, sie drückte die Türklinke hinunter. Es war abgesperrt und sie hörte einen Babyschrei, es war ganz leise, dieses Schreien, und doch so durchdringend, dass man es im ganzen Dorf hätte hören müssen. Da war ein neues Kind geboren, alle sollten es wissen, aber anstatt dass Ruhe eingekehrt wäre, wurde die Hebamme hektischer und die Mutter stöhnte und der Vater öffnete die Tür für einen kurzen Moment. Mila wollte hineinschlüpfen, doch die Hebamme schmiss die Tür mit dem Fuß zu. Der Vater holte Tücher, er lief die Treppen hinauf und hinunter und dann zur Tür hinaus und fuhr das Auto direkt vor die Tür und die Hebamme und der Vater trugen die Mutter ins Auto. Sie blutete und in ihren Armen sah Mila den Säugling, der nicht mehr schrie. Und wieder versuchte Mila zur Mutter zu gelangen, ihr wenigstens die Hand zu geben oder einen Kuss von ihr auf der Wange zu spüren. Wieder wurde die Tür vor ihr geschlossen. »Du bleibst hier«, sagte die Hebamme und dann war die Tür schon zu und das Auto fuhr fort. Eine Spur Blutstropfen zog sich vom Schlafzimmer über die Treppe bis zur Tür und da sog sich das Haus mit der Stille voll, in der sie schon so lange leben. Mila fand die Tücher später wieder, die der Vater aus dem Fenster geschmissen hatte. Sie alle waren braun und steif vom trockenen Blut.

Jetzt ist auch der Vater fort. Er hat Kinder, die man allein lassen kann, das weiß der Vater seit dem Tag, als das Baby geboren wurde. Mila wischte die Treppe und das Vorhaus. In das Elternschlafzimmer traute sie sich nicht. Sie rief nach der Schwester und kochte ihr Kakao. Sie gingen ins Bett und schliefen, bis die Sonne aufgegangen war. Mila schmierte Brote und sie setzten sich vors Haus, aber die Mutter und der Vater kamen nicht mit dem Baby. Mila kochte Erbsensuppe und wusch das Geschirr ab. Sie kochte einen großen Topf, damit die Eltern bei ihrer Ankunft etwas in den Bauch bekamen. Dann setzte sich Mila mit der Schwester wieder vors Haus und sie zählten die Ameisen. Sie versuchten sie mit ihren Augen zu verfolgen, um herauszufinden, wo ihr Haufen war. Die Sonne stach ihnen ins Gesicht und Mila holte ihnen Sonnenhüte, die sie sich umbanden. Erst als Mila schon wieder Brote für den Abend schmierte, hörten sie das Auto, wie der Schlüssel in die Tür gesteckt wurde. Der Vater stand da, ohne Hebamme, ohne Mutter, nur mit einem kleinen Bündel im Arm. »Mama?«, fragte die Schwester und Mila schlug ihr auf den Mund. In den Augen des Vaters sah sie, dass es keine Mutter mehr gab. Auf seiner Stirn hatte sich der Schatten ausgebreitet, der zur Spinne wurde. Der Vater stand da und schaute sie an und das Bündel in seinen Armen bewegte sich zaghaft und quietschte.

Der Vater war deshalb noch im Dorf. Lange genug ist er bei ihnen geblieben. Jetzt gibt es nur mehr Mila und die Schwestern.

Mila gewöhnt sich an das neue Leben ohne Vater, wie sie sich an das Leben ohne Mutter gewöhnt hat. Der Vater fehlt an manchen Tagen, seine Spinne nicht. Mila putzt nicht mehr hinter dem Ofen, manchmal fällt ihr etwas hinunter, sie lässt es dort liegen. Die ältere Schwester hat nur am ersten Abend nach dem Vater gefragt, seither ist es ihr gleichgültig. Sie geht aufrechter durchs Haus und Mila erwischt sie dabei, wie sie pfeifend in Vaters Zimmer steht. Die Schwester setzt sich auf den Stuhl im Wohnzimmer, in dem der Vater immer saß, und betrachtet die strickende Mutter. Die kleine Schwester sucht den Vater. Hört sie ein Geräusch, das aus einem anderen Raum kommt, fragt sie Mila: »Vater?« Mila schüttelt dann den Kopf und lauscht selbst, ob er es sein könnte, der aus der Speisekammer vielleicht ein Glas Apfelmus, ein Stück Brot holt. Meistens hören sie nur die blechernen Vögel, die über das Dorf hinwegfegen.

(Lehrer)

Alles ist unerwartet, wenn man fortgeht, alles ist neu und man vergisst langsam. Wenn man so lange nicht mehr dort war. Ich habe nicht mehr an die Kinder gedacht. Es waren zwar meine Kinder, natürlich, irgendwie. Ich erzog sie mit. Sie waren nicht nur meine Verantwortung. Ich erinnere mich, einmal habe ich einen Brief bekommen. Schön war er geschrieben und gut leserlich. Nicht einen Fehler konnte ich finden. Das war eines der guten Kinder, das diesen Brief geschrieben hat. So einem Kind vertraue ich. Ich vertraute ihnen allen, als ich noch dort war. Natürlich gab es die, denen schon die Haare im Gesicht wuchsen, und die anderen, die ihre Eltern gar nicht kannten. Die hatten nie gelernt, wie man sich benimmt oder wie man auf sich achtet. Ich mochte sie. Ich war geduldig mit ihnen und trotzdem streng genug, dass sie mich respektierten. Manchmal lachten wir auch zusammen und an diesen Tagen ging ich immer beglückt nach Hause. Ich wusste ja, wohin sie gingen. In ein leeres Haus, zu Großeltern, die sie nicht mehr zu erziehen wussten, zu kleinen Geschwistern, denen sie Brei kochen, die sie füttern und säubern mussten. Denn wenn ich schon nichts für die Kinder tun konnte, außer ihnen Lesen und Schreiben beizubringen, konnte ich sie für einige Minuten oder manchmal sogar für Stunden auf andere Gedanken bringen. Dann sprachen wir darüber, wie groß unsere Welt ist und dass wir noch gar nicht wissen, wie weit sich das Weltall ausdehnt und wohin. Dann staunten wir gemeinsam über unsere Pflänzchen, die wir im Februar gesät hatten und die zu Ostern schon zehn Zentimeter groß auf der Fensterbank standen. Natürlich fand ich nach Unterrichtsschluss Zettelchen mit wütenden Nachrichten, mit mathematischen Formeln oder mit tollpatschigen Liebeserklärungen. Wer hat in der Schule nicht auch einmal solche Briefchen geschrieben? Wer wäre ich gewesen, wenn ich diese Kinder verurteilt hätte? Wo wäre mein pädagogischer Sinn geblieben, wenn ich diesem Kind nicht geantwortet hätte? Alles, was sie brauchen konnten für ihre Schule, die sie wiederhaben wollten, schickte ich mit. Ich war schon darüber erstaunt, dass die Regierung noch immer keinen geeigneten Lehrer gefunden hatte. Denn was gibt es Wichtigeres, selbst in diesen Zeiten, als die Kinder zu unterrichten? Ich schickte ihnen also alles, was ich meinte, entbehren zu können, und ja, vielleicht rutschte da auch versehentlich ein Büchlein dazwischen, das den Kindern eigene Rechte zugesteht. Dass ihnen ein Kinderparlament und Demokratie vorschlägt. Wenn man es genau liest und davon bin ich zumindest bei Mila ausgegangen, wird auch die Brutalität erklärt, die entstehen kann, wenn Kinder auf sich allein gestellt sind. Dass Kinder vielleicht noch kein Verständnis haben für ihre Taten, dass sie deshalb zu so vielem fähig sind, was wir uns nicht im Traum hätten vorstellen können, wenn wir in ihre runden Gesichter mit den großen Augen schauen. Als ich ging, wusste ich nichts davon, und als ich die Bücher schickte, da dachte ich mir nichts dabei. Das Päckchen ist doch sicher gar nicht mehr bei ihnen angekommen.

(Mila)

Mila schrubbt. Sie hat den Eimer aus dem kleinen Raum neben den Toiletten geholt, hat ihn mit warmem Wasser und Schmierseife gefüllt, taucht darin den Wischmopp ein. Sie putzt den Boden der Schule noch einmal. Sie wischt die Tafel ab, die sie beschrieben hat. Mit dem Staubwedel fährt sie über die Rücken der Bücher. Sie nimmt die Stühle von den Tischen, schiebt ihre Sitzflächen darunter. Dann stellt sie sich vor die Klasse. Da sitzen ab nächster Woche die Kinder. Mila wird ihr rotes Kleid und Mutters rote Brille tragen. Die Kinder werden still sein. Es sind die Kleinen, die da vor ihr sitzen. Die Großen können nichts mehr von ihr lernen. Sie begrüßt die Kinder. Sie braucht ihren Namen nicht zu nennen, alle kennen sie. Niemand sieht in ihr das Kind, das in Häuser geht und stiehlt. In ihrem roten Kleid sieht man ihre Brüste. Sie sind im Winter größer geworden. Mit der Brille sieht sie streng aus und schön. Die Haare hat sie zu einem hohen Pferdeschwanz gebunden und sie strahlt Autorität aus. Sie kann sich hinstellen und schauen, wie es der Vater oft tat. Früher bekam Mila davon Angst. Sie kann den Kindern Angst machen. Sie kann das Lineal von der Wand nehmen und auf sie herabsehen, wenn sie frech werden. Sie greift sich dabei nicht in den Nacken. Die Spinne hat sich kein Nest gebaut, hat Mila nicht übernommen. Mila lächelt die Kinder an, die gescheit sind. Mila hockt sich auf die Fersen und erklärt den schwachen Kindern noch einmal das Dividieren. Sie zeichnet ihnen Blumen in ihre Hausübungshefte, wenn sie etwas gut gemacht haben. Die Kinder sammeln Kastanien im Hof. Auf die Tische legt Mila währenddessen Korkenzieher und Zahnstocher, bevor sie zu ihnen hinausgeht. Sie sammeln einen Sack Kastanien. Dann gehen sie hinein. Gemeinsam basteln sie daraus Männchen und Tierchen. Mit Filzstiften malen sie Augen und Brillen auf die Köpfe der Männchen, den Kühen Mäuler und Zungen und den Schafen Felle. Sie basteln Igel und stellen die Männchen und Tierchen auf ein Tuch. Die Kinder bekommen die Aufgabe, bis zum nächsten Tag Äste und Blätter zu sammeln und Kartons mitzubringen. »Wir bauen unser Dorf«, wird Mila den Kindern erklären. »Nur besser«, wird eines der Kinder erwidern, »weil noch alle da sind in unserem Kastaniendorf, alle, alle.« Mila wird an diesem Abend das Häuschen des Fleischhackers bauen.

Mila geht nach Hause. Den Einzigen, den es noch zu überzeugen gilt, ist der Vater. Der Vater, der zwar das Haus verlassen hat, aber immer noch in der Nacht hereinschleicht, um sich zu versorgen und seine schmutzige Wäsche im Bad liegen zu lassen. Mila kann die Waschmaschine nicht mehr einschalten. Auch in ihrem Haus fließt das Wasser nicht mehr aus den Hähnen. Der Vater mit seinen Stimmungen. Mila lässt Essen auf dem Ofen stehen, dass dann aufgegessen ist, wenn sie morgens aufsteht. Mila hat ihn vorgestern gehört, er hat Käse und Fleisch für sie gebracht.

Sie leert Wasser in eine Schüssel, stellt die Schüssel ins Waschbecken. Sie ruft die Schwestern zum Waschbecken. Sie stellt sich hinter sie und prüft wie der Vater, ob sie sich auch hinter den Ohren waschen. Mila bringt die Schwestern ins Bett, dann beginnt sie zu kochen. Sie brät das Fleisch an, sie würzt es mit Thymian. Sie schiebt die fein geschnittenen Kartoffeln mit dem Käse in den Ofen. Sie presst Knoblauch darüber. Es riecht schon nach Vaters Lieblingsessen. Bevor sich Mila an den Tisch setzt, geht sie in ihr Zimmer und zieht sich das rote Kleid an. Sie schlägt die Gläser aus Mutters roter Brille und setzt sie sich auf die Nase. Im Vorhaus im Spiegel wirft sie einen letzten prüfenden Blick auf sich. Erwachsen sieht sie aus und bereit. Draußen wird es langsam dunkel. Im Ofen werden die Kartoffeln gelb und der Käse golden. Mila stützt ihren Kopf in die Hände. Draußen ist es dunkel geworden. Mila macht das Licht aus und wartet am Küchentisch. Es dauert lange. Gerade will Mila aufstehen, da hört sie etwas. Der Vater kommt herein. Seine Spinne sitzt ihm nicht im Nacken.

Er isst schweigend. Manchmal blickt er auf, mustert Mila. Mila lässt die Diebin-Hand immer unter dem Tisch. Der Vater schüttelt den Kopf. Er freut sich. Nach dem Essen steht Mila auf und holt neues Wasser vom Brunnen vor dem Haus. Dann geht sie zum Vater zurück in die Küche. Sie stellt das Wasser auf, wartet, bis es heiß genug ist, leert es in das Spülbecken. Sie setzt sich an den Tisch, stellt die Teller zusammen, legt die Gabeln und Messer darauf.

»Ich werde die Schule eröffnen«, sagt sie. »Nächste Woche werden die Kleinen in die Schule gehen.«

Sie sieht dabei die Teller an, die Fettaugen darauf, die Käse- und Kartoffelreste.

»Wie stellst du dir das vor?«, fragt der Vater und Mila hört keinen Zorn in seiner Stimme. Kurz sieht sie den Vater von der Seite an.

»Jemand muss den Kindern Schreiben und Lesen und Rechnen beibringen«, sagt Mila.

»Die Schwestern brauchen jemanden, der sich um sie kümmert. Du kannst nicht weg.« Der Vater steht auf und stellt die Teller ins Spülbecken.

»Sie kommen mit. Für sie ist es Zeit und die Kleine wird sich freuen groß zu sein. Ich werde ihr eine Ecke einrichten. Sie kann spielen oder mitmachen. Das Mittagessen koche ich am Abend vor. Ich habe an alles gedacht.«

Den letzten Satz sagt Mila selbstsicher und sie sieht den Vater dabei an.

»Nein«, sagt der Vater.

»Wenn es sonst niemand macht, mache ich es«, Mila bettelt nicht. Sie kann argumentieren. Sie braucht Vaters Erlaubnis gar nicht. Sie wird die Schule als Lehrerin betreten und sie wird den Kindern Lesen und Schreiben und Rechnen beibringen.

»Ich sage Nein.« Vaters Stimme ist fest und hart, aber immer noch ruhig und nicht wütend.

»Weck sie nicht«, sagt Mila und steht vom Küchentisch auf, beginnt die Teller zu waschen. Der Vater setzt sich.

»Akzeptierst du mein Nein?«, fragt der Vater und in dem Moment weiß Mila, dass sie nichts mehr hindern wird.

Mila und ihr Vater haben sich in den Regen gestellt. Der Vater muss los und Mila hat darauf bestanden, dass die Schwestern nicht geweckt werden dürfen. In einer Woche öffnet Mila die Schule, die Schwestern müssen sich daran gewöhnen, früh aufzustehen. Tropfen treffen sie im Gesicht, an den nackten Armen. Sie schauen sich an. Mila sieht, dass sie Vaters Augen hat. Sie werden nass. Die Kleider sind schon durchtränkt, Milas Haare hängen an ihr herunter, das Kleid wird sie noch waschen müssen. Vater sieht aus, als hätte er Gel in den Haaren.

Mila sagt: »Nein.« Der Vater sagt: »Doch.« Diesmal klingt es herausfordernd, als sollte sie ihm ein »Nein« entgegenschleudern, ein Mirkannstdugarnichts, ein Ichmachsowiesowasichwill. »Nein«, sagt Mila, es klingt noch zögerlich, durch den Regen und bei dem Vater kommt es bestimmt noch zögerlicher an, als es in ihren Ohren klingt. »So«, sagt der Vater, Mila sagt: »Nein.« Und sie sieht, wie seine Augen leuchten. »Ich mach es«, sagt sie und fängt zu lächeln an. »Nein«, sagt der Vater und kommt einen Schritt auf sie zu. Das Leuchten ist stärker geworden. Er streckt die Hand nach Milas Haaren aus. »Wie erwachsen du geworden bist«, sagt er.

(Schmied)

Ich bin mit den Alten gegangen. Ich habe mir die Geschichte mit der Einberufung zum Kriegsdienst ausgedacht. Wir haben alles besprochen und es war die beste Idee, die wir hatten. Ich habe die Briefe geschrieben, habe sie offiziell aussehen lassen, habe sie dem Briefträger übergeben. Er hat sie uns wiedergebracht. Den Kindern konnten wir erklären, dass wir wegmüssen, dass es gar keine andere Option gibt. In meiner Heimat ist alles kaputt, es gibt keine Arbeit, kein Auskommen und bald kein Essen mehr. Selbst die Kinder sind kaputt im Kopf. Über mein Dorf fliegen Flugzeuge hinweg. Die Kinder wissen vielleicht nicht, was das für Flugzeuge sind. In mein Dorf kommt niemand mehr. Dort gibt es nichts zu erobern, zu holen, anzusehen. Die Kinder ducken sich in die Nischen der Häuser, wenn sie Flugzeuge sehen. Die Flugzeuge sind grau und groß, sie fliegen an Wolkentagen immer unter den Wolken. Die Flugzeuge sind laut und blinken an ihrer Unterseite orange. Sie haben eine Flagge aufgemalt. In den grauen Wolken tarnen sie sich gut. In den Flugzeugen sitzen Menschen, die vielleicht unsere Sprache nicht verstehen. Vielleicht sind das auch Väter und Mütter, die ihre Kinder verlassen haben.

Ich kann mir gut vorstellen, dass diese Kinder glücklich darüber sind, keine Eltern mehr in ihren Häusern zu haben, keine Mütter, die schlagen und dann darüber weinen, dass sie schlecht sind. Dass diese Kinder ihren Müll trennen dürfen, wann und wie sie wollen, denn es kommt niemand mehr, um ihn zu holen. Die Kinder haben wenigstens keine Mütter, die weinen, weil der Kühlschrank leer, das Wasser abgestellt ist und seit Monaten kein Strom mehr aus der Steckdose kommt. Ich stelle mir vor, dass die Kinder, wenn sie erst einmal erwachsen sind, auch in solchen Flugzeugen sitzen werden. Dass ihnen die Welt von dort oben klein und unbedeutend vorkommen wird. Dass es ihnen möglich sein wird, auf diese Spielzeugwelt hinunterzuschauen und gleichgültig darüber zu sein. Ich schaue die Landkarte an, suche meine Heimat, lege den Finger darauf. Hier ist mein Dorf. Dort sind die Kinder. Bei den Kindern ist niemand.

(Wir)

Uns hat man vergessen. Über uns fliegen die Blechvögel nur hinweg, über uns lassen sie nicht einmal Bomben fallen, so unbedeutend und klein und vor allem unwichtig sind wir der Welt in unserem Dorf geworden. Niemand erinnert sich mehr daran, dass man uns hiergelassen hat. Es ist sogar den Eltern zur bloßen Gewohnheit geworden, dass wir nicht mehr in ihrem Leben sind. In Wahrheit weiß niemand mehr, dass wir an einem wirklichen Ort sind. Ein echter Ort, wo die Wiesen im Frühling voller Wasser stehen und die Wespen kommen und ihre runden Nester unter die Giebel unserer Häuser bauen. Und manchmal, wenn das Dorf im Sommer vor Hitze vergeht und nicht einmal der Hund bellt, wenn wir an ihm vorübergehen, oder wenn wir im Winter keine Geräusche hören, nicht einmal das Knirschen des Schnees, dann glauben wir selbst, dass es uns nicht mehr gibt. Zumindest sind wir uns dann nicht mehr sicher, ob es unser Dorf wirklich gibt oder ob wir es uns nur einbilden, ob wir nicht vielleicht nur in einem schlimmen Traum vorkommen. Irgendjemand liegt in einem schönen großen Bett, eingehüllt in eine weiße Bettdecke, und träumt von uns. Es ist ein Kind, das echte Eltern hat. Bald schon werden die Eltern es wimmern hören aus seinem Zimmer und sie werden das Kind wachrütteln und es trösten. Wir zwicken uns, um zu sehen, ob wir leben. Der Traum vom fremden Kind ist gut gemacht und wir spüren es, wenn wir uns zwicken. Es ist zwar traurig, wenn es uns nicht gibt, aber wir sind dieses eine Kind, das gerade in genau diesem Moment von uns träumt, und wir werden so erleichtert sein, wenn uns unsere Mutter in den Arm nimmt und wenn wir am nächsten Tag wieder zur Schule gehen können, und wir werden wissen: Es war nur ein Traum.

Manchmal meinen wir sogar das Flackern einer Nachtlampe zu erkennen, durch das Lid des Kindes hindurch. Wir haben die Lücken im Traum des Kindes schon gefunden. Es kann gar nicht sein, dass es keine Schule gibt in unserer Welt. Selbst wenn Krieg ist, würden uns die Erwachsenen einen Lehrer schicken. Es ist außerdem unmöglich, dass sie uns allein lassen, dass sie glauben könnten, dass wir keine Hilfe brauchen. So sind echte Erwachsene nicht.

(Mila)

Mila schließt die Augen. Sie denkt daran, wie ihr die Mutter früher die Haare wusch, wie sie manchmal begann zu weinen, weil ihr Seife in die Augen rann. Die Schwestern weinen auch oft. Seit ein paar Tagen gibt es keine Seife mehr im Haus. Auch in den anderen Häusern hat Mila keine mehr gefunden. Das Wasser kommt nicht mehr aus der Leitung. Mila kann sich daran erinnern, dass sie ihre Augen so fest geschlossen hielt, sie so fest zusammendrückte, dass ihr davon zuerst schwarz und dann schwindlig wurde. Auch jetzt drückt sie die Augen fest zusammen. Sie spürt, wie es sich in ihrem Kopf zu drehen beginnt, wie eine schwere Murmel fühlt es sich an, die in ihrem Kopf von der einen auf die andere Seite kullert, dazwischen ist nichts in Milas Kopf. Die Murmel bleibt kurz stehen, bevor sie wieder auf die andere Seite rollt. Mila könnte die Augen öffnen. Sie drückt sie noch fester zusammen.

Mila schüttet Wasser, das sie aus dem Brunnen geholt hat, über ihren Kopf. Sie verteilt das Wasser in den Haaren. Mila schwankt. Fast fällt sie hin, rutscht fast aus auf dem nassen Email der Dusche. Sie öffnet wieder die Augen. Sie beginnt sich mit Vaters Rasierer die Achseln zu rasieren. Sie weiß, dass die anderen beim Weiher sind. Sie rasiert sich die Beine, die Haare von den Oberschenkeln und den Leisten. Sie steckt die Pistole in die Tasche. Heute zeigt sie den anderen, wer das Sagen hat.

Auf der Wiese am Weiher sitzen sie. Sie schweigen und starren auf das Wasser. Einer wirft einen Stein hinein. Mila schaut hinter ihnen zu, wie sich die Ringe wieder beruhigen. Irgendwo da unten liegt der Fleischhacker. Seine fast schwarzen Haare werden von der Strömung bewegt werden. Wie die Pflanzen dort unten werden sie sich mal auf die Seite legen und dann wieder aufrichten. Fische werden an ihm knabbern und Krebse. Vielleicht wird sich eine Wasserschnecke hinter seinen Ohren ihren Platz suchen und in eine Hosenfalte wird ein Fisch seine Eier legen. Mila krempelt das Kleid hoch. Die Pistole liegt in ihrer Tasche. Mila räuspert sich und geht auf das Wasser zu. Die Kinder wenden den Blick und sehen sie. Mila hält zuerst nur einen Fuß ins Wasser, dann steigt sie bis zu den Knien hinein. Es ist kalt und eklig und sie denkt dabei an den Fleischhacker und wie er sich im Wasser auflöst und winzige Fleischhackerteile um sie herumschwimmen. Der Schlamm legt sich um ihre Beine. Sie sieht die Kinder an. Einer wirft noch einen Stein. Das Wasser beruhigt sich wieder.

»Was machst du hier«, fragt er. »Du hast hier nichts zu suchen.«

»Habt ihr den Weiher gepachtet? Wie viel zahlt ihr denn dafür?«

Schon stehen die Ersten auf und gehen zum Wasser. Milas Hand ist ganz ruhig, als sie in die Tasche greift. Sie zieht die Pistole heraus und richtet sie auf die anderen. Zuerst erschrecken sie, dann sind sie erstaunt. Mila hat die Pistole also. »Sie hat keine Patronen mehr«, sagen die Kinder. »Sie traut sich nicht zu schießen«, sagen sie. »Wir fürchten uns nicht.« »Sie steht im Fleischhackerwasser«, sagen sie anerkennend.

Mila öffnet die Trommel, sie zeigt ihnen die Patronen. »So«, sagt sie dann: »Ihr werdet mir zuhören. Ihr werdet mir gehorchen, ansonsten fange ich an euch zu erschießen. Hier oder später in der Schule.«

Während Mila spricht, kommt die Sonne hinter den Wolken hervor und das Wasser funkelt. Weil Mila so lange und ruhig im Wasser steht, beginnen kleine Fische an ihren Füßen zu knabbern. So knabbern sie auch am Fleischhacker. Mila spürt den Wind in ihrem Gesicht. Sie richtet die Pistole einmal auf jedes Kind. Sie sieht ihnen in die Augen. Sie kennt diese Augen alle. Sie merkt, dass ein Kind fehlt. Wo es ist, fragt Mila. »Im Krater«, antworten die Kinder. »Im zerstörten Dorf.«

Es ist ganz menschenstill am Weiher, nur die Vögel zwitschern. Mila steigt aus dem Wasser. Sie trocknet sich ab und schlüpft in die Schuhe. Dabei wird sie beobachtet. Etwas hat sich verändert im Blick der Kinder. »Gehst du heim?«, fragen die Schwestern und Mila nickt. »Wir kommen mit.« Es riecht nach Weiherwasser und Fisch.

»Mila«, ruft jemand hinter ihnen und Mila dreht sich um. Juri ist es, der ihnen da nachläuft. Als er bei ihnen ankommt, atmet er schwer: »Wir finden es gut, was du machen möchtest. Wir denken, dass du das kannst, dass wir dich unterstützen werden, wo es geht.«

Mila sieht Juri an. Es wird Sommer, das spürt sie auf ihrer Haut.

»Wenn wir wollen, könnten wir dich abhalten.«

Mila schüttelt den Kopf: »Du könntest mit uns Abendessen.«

Juri sagt: »Dein Vater.«

Und Mila nickt. Hat Juri nicht gemerkt, dass der Vater fort ist?

»Aber«, will Mila noch hinzufügen, »er ist nicht mehr gefährlich. Komm doch mit«, will sie sagen. »Schön wäre es, wenn du bei uns wärst.« Mila schaut Juri in die Augen, sie könnte die Pistole ziehen, sie könnte ihn zwingen mitzukommen. Schon greift sie in die Tasche, da macht er einen Schritt auf Mila zu und flüstert ihr ins Ohr: »Werd das Ding los!« Dann dreht er sich um und geht. Die Schwestern legen ihre Hände in Milas. Auf der Straße hört man Juris schlurfende Schritte.

(Wir)

In unserer linken Seite sticht es. Wir finden nichts mehr zu essen in unseren Häusern. Wir nehmen die großen Dosen aus den Regalen, die Deckel herunter und stülpen sie um. Es fällt nichts mehr heraus. Wir brechen in den Laden ein. Dafür haben wir ein Eisen aus der Autowerkstatt genommen und damit schlagen wir die Tür ein. Die Regale von der Grimmeisen sind leer. Eine Staubschicht hat sich darauf gebildet und wir fahren mit unseren Fingern darüber und prüfen, wie lange sie schon fort ist. Der Staub ist noch nicht so dick wie in der Werkstatt und auch nicht so fein wie bei uns zu Hause. Dann gehen wir ins Lager. Im Lager finden wir noch zwei Dosen mit Ananas und zwei mit Birnen. So etwas hatten wir auch in unseren Regalen. Wir sehnen uns nach einem Stückchen warmer Kartoffel mit Butter und Salz. Wir würden sogar Champignons aus Dosen essen. Wir finden nicht einmal das. Nur vier Packungen Nudeln und Rotkraut. Wir nehmen alles mit. Wir gehen in ein Haus und kochen die Nudeln. Wir schütten das Rotkraut und die Ananas und die Birnen in einen Topf. Wir kochen uns ein Festmahl.

In der Küche sitzen wir und sind ganz still. Wir sitzen überall. Im Schneidersitz auf dem Boden, auf der Bank, auf dem Schemel neben dem Ofen. Auf dem Boden ist das verschüttete Nudelwasser kalt und weiß geworden. Eine Fliege summt über dem Topf mit dem Rotkraut. Die Ananasdosen stehen auf dem Boden. Die Teller haben wir nicht gestapelt und zum Spülbecken getragen. Auch sie stehen mit ihren

Rotkrautflecken noch vor uns. Unsere Hände kleben. Über uns fliegen nicht einmal mehr die Blechvögel.

Wir müssen unser Dorf verlassen. Die Nudeln haben uns für heute satt gemacht. Wir gehen nach Hause. Wir packen unsere guten Kleider ein, unsere guten Schuhe. Wir hinterlassen keinen Zettel. Sie sollen uns nicht finden können. Wir werden weit gehen. Sie haben uns vergessen und nun werden sie keine Chance mehr von uns bekommen. Auch wir werden unsere Eltern vergessen. Sie haben es verdient. Wir werden ein besseres Land finden. Ein Land, in dem es keine verlassenen Dörfer gibt. Ein Land, in dem es keine Eltern gibt, die ihre Kinder zu Hause lassen, und ein Land, in dem keine Großeltern in einen Krieg eingezogen werden, der Blechvögel über unser Dorf ziehen lässt und vor denen wir uns verstecken müssen. Wir wissen, wie Bomben aussehen und wie gefährlich sie sind. In dem neuen Land werden wir Geld bekommen und uns kleine Häuser bauen. In diesem Land werden wir nicht erwachsen sein müssen, wenn wir nicht wollen. Wir wollen aber alle erwachsen sein. Wenn es dann so weit ist, werden wir nicht nur heiraten und Kinder bekommen, nein, wir werden auch richtige Eltern sein. Wir werden nicht rauchen und nicht trinken und wir werden jeden Tag kochen und unseren Kindern einen Kuss auf die Stirn geben, bevor sie ins Bett gehen. Wir werden unsere Kinder selber wickeln und nicht von ihren Geschwistern wickeln lassen und wir werden wissen, was man gegen die roten Hintern macht und gegen den Milchschorf, der den Babys auf dem Kopf wächst. Unseren

Kindern werden wir vorlesen und wir werden sie den ganzen Tag spielen lassen, wenn Ferien sind. Sie werden sich um nichts kümmern müssen. Unsere Kinder werden in die Schule gehen. Sie werden es vielleicht nicht jeden Tag gerne tun, aber sie werden trotzdem glückliche Kinder sein.

Wir werden, bevor wir gehen, den Erwachsenen, den Leuten, die sich unsere Eltern, Verwandten, Großeltern nennen, eine Botschaft hinterlassen. Sie werden das Dorf nicht mehr wiedererkennen. Unsere Aktion wird so groß sein, dass sie sie nicht übersehen können: Wir werden danach keine Kinder mehr sein.

(Mila)

Mila steht am Weiher. Sie ist allein. Sie hat die Diebin-Hand aus ihrer Tasche genommen. Der Weiher ist der schönste und ruhigste Platz im Dorf. Ein Platz, der sie alle überdauern wird. Selbst wenn sie nicht mehr da sein werden, wird man die Überreste des Fleischhackers noch am Grund finden können, wenn man nach ihm sucht. Sie haben ihn dorthin gebracht, haben ihn aus dem Auto gezerrt, sie haben sein Auto ins Wasser geschoben. Sie haben dem Fleischhacker eine Krawatte umgebunden. Sie haben auch gebetet, bevor sie ihn in das Boot gelegt haben und die Starken mit ihm hinausgefahren sind. Sie haben ihn richtig bestattet.

Mila schaut auf die Bewegungen des Wassers. Samen schwimmen darauf. In Milas Rocktasche ist die Pistole. Warm und hart fühlt sie sich an ihrem Oberschenkel an. Die Patronen hält Mila schon in ein Tuch gewickelt in der Hand. Sie geht zum Boot, das die Kinder am Steg festgebunden haben. Das Boot ist hellblau gestrichen worden, einmal, als es noch Erwachsene gab. An manchen Stellen splittert die Farbe bereits ab und man sieht die anderen Farben darunter. Einmal war das Boot rot und einmal weiß. Mila stellt sich ins Boot, bindet das Seil los und rudert an die Stelle, von der sie glaubt, dass sich dort der Fleischhacker befindet. Sie zögert nur kurz, als sie die Patronen und die Pistole aus der Tasche zieht und ins Wasser wirft.

(Wir)

Wir brechen die Baracke zum Generator auf. Wir holen Benzin heraus. Es gibt noch einen Kanister. Wir klettern über das Schultor und warten auf die Dämmerung. Dabei zielen wir mit Steinchen auf die Fenster der Schule. Noch ist keins der Fenster gesprungen. Wir nehmen größere Steine. Wir hören uns das Splittern der Fensterscheiben an und wetten, wer es schafft, die spitzigsten Formen aus Glas entstehen zu lassen. Große, schwere Steine machen andere Formen als kleinere, spitzere. Wir verteilen den letzten Kanister Benzin aus der Baracke rund um das Gebäude. Die Schule ist das einzige Haus, das niemandem gehört. Sie ist groß genug, man wird das Feuer von Weitem sehen. Vielleicht sogar in der Stadt riechen, wenn der Wind günstig ist. Sie werden jemanden zu uns schicken. Sie werden wissen wollen, was hier passiert. Sie werden wissen wollen, ob der Krieg auch schon in unser Dorf gekommen ist, denn dann ist er auch schon ganz nah bei ihnen. Die Armee wird kommen und eine Armee hat immer etwas zu essen dabei.

Wir haben auch Stroh mitgebracht und wir legen es in die eingeschlagenen Fenster der Schule. Die Stühle und Tische sind aus Holz und sie werden gut brennen. Uns ist kalt geworden in unseren dünnen Hosen. Wir freuen uns auf das Feuer. Wir werden es genießen und die Wärme auf unserer Haut spüren. Uns bläst Wind durch die Haare bei unseren letzten Vorbereitungen. Noch nie haben wir so ein großes Feuer gesehen, wie wir es heute selbst machen werden. Wir haben Feuerzeuge und Streichhölzer mitgebracht, stellen uns an die Anfänge der Benzinspuren und zählen bis drei, bevor wir die kleinen Flammen in unseren Händen fallen lassen. Die Spuren brennen, die ersten Strohballen fangen schon Feuer. Es wird warm auf dem Schulhof und da zerspringt noch einmal ein Glasfenster. Brennendes Stroh fällt in die Klassenzimmer. Es gibt welche unter uns, die ängstlich sind und schon übers Tor klettern, doch die meisten stehen da und schauen gespannt auf die Flammen. Wir sind stolz auf unser Feuer. Es wird heiß auf dem Schulhof. Wind, Funken und Asche bläst uns unser Feuer auf die Haut. Es knirscht und knistert. Je mehr es brennt, desto lauter werden auch die Geräusche des Feuers. Es knackt und zischt. Wir beginnen zu schwitzen und lachen. Es ist schön, wie die Schule brennt. Das Feuer züngelt auch um die Wohnung des Lehrers, die auf der anderen Seite des Schulhofs ist. Wir hüpfen vor Freude über unser gelungenes Feuer. Wir schicken drei Kinder zum Königsnussbaum, damit sie uns sagen, wann Hilfe kommt. Wir sehen Mila hinter dem himmelblauen Schultor. Sie starrt unser Feuer an.

Ein lauter Knall wirft uns zu Boden. Wir sehen das riesige Feuer, das jetzt aus dem Dach der Schule steigt. Wir spüren die harten Steine, die sich in unsere Arme und Beine graben. Die Hitze brennt auf unserer Haut. Alle gleichzeitig beginnen wir auf das Tor zuzulaufen. Das Eisen ist nicht angenehm kalt, sondern warm. Die Großen schaffen es schneller über das Tor zu klettern. Sie sind stärker und ihre Hände reißen uns vom

Gitter weg. Sie treten und drücken uns nach unten weg. Die Holzbank um den Kastanienbaum herum steht auch schon in Flammen. Unsere Bewegungen werden schneller und hektischer und wer es schon hinausgeschafft hat, läuft davon. »Wasser«, ruft einer ihnen hinterher. Wir sind uns nicht sicher: Es könnte Juri gewesen sein, der das gerufen hat. Zwischen ihm und dem Tor züngeln die Flammen schon ganz hoch. Wir außerhalb des Hofes drehen uns nur kurz um und dahinten sehen wir ihn, hinter der Holzbank, bei der Lehrerwohnung und zwischen ihm und dem Tor sehen wir die Flammen immer höher steigen. Der Kastanienbaum brennt und obwohl wir auf der anderen Straßenseite stehen, spüren wir noch immer diese Hitze, die juckt und brennt und schmerzt. Es knallt wieder und wieder werden wir zu Boden geworfen. Jetzt brennen beide Gebäude, von Juri sehen wir nichts mehr. Unser Feuer raucht stark. Es kratzt uns in der Kehle, wir husten im Chor. Wir brauchen Wasser. Warum kommt denn niemand? Sie müssen es doch sehen und hören. Wo bleiben die Blechvögel in dieser Nacht, die sonst so nah über unsere Köpfe hinwegfliegen und uns den Schlaf rauben? Wo ist überhaupt die Nacht unter all dem Feuer zu finden? Die Nacht, die wie immer ihre Dunkelheit über uns legt, die uns einspinnt in ihren warmen Kokon, die uns träumen lässt und uns mit ihrer Frische und Schwärze schützt vor allem, was draußen passiert. Wie und wo sollen wir so viel Wasser für dieses Feuer herbekommen?

Wir laufen durch das Dorf auf der Suche nach Wasser. Gibt es nicht irgendwo einen riesigen Wasserhahn, den man aufdrehen kann? Gibt es nicht irgendwo Schläuche? Wir finden nichts und wir setzen uns weit vom Feuer entfernt hin. Wir pressen unsere Handballen gegen die Ohren oder stecken unsere Finger in die Ohrlöcher hinein, um nichts mehr von dem Feuer zu hören. Mila setzt sich zu uns, sie schaut uns an, wir nehmen unsere Hände von den Ohren. Sie erzählt uns eine Geschichte: »Es gab einmal ein schönes Dorf. Die Menschen im Dorf waren glücklich. Sie hatten Kühe und Schafe und Schweine und Hühner und Katzen und Hunde. Sie feierten im Winter, im Frühling, im Sommer und im Herbst Feste und sie tanzten und es wurde geheiratet und Kinder wurden geboren und alles war gut. Zwar arbeiteten sie schwer, aber es war alles an seinem richtigen Platz. Eines Tages wurde es im Frühling von einem Tag auf den anderen heiß und obwohl die Bäume noch keine Blätter trugen, war es mit einem Schlag Sommer geworden. Der Sommer dauerte viel länger und war heiß und trocken und erbarmungslos. Die Kühe bekamen nicht mehr genug Wasser, sie gaben nicht mehr genug Milch, das Gras vertrocknete, die Schafe verhungerten, die Hühner fanden keine Würmer mehr. Die Dorfbewohner blieben. Sie ließen die Hunde frei und die Katzen suchten sich Mäuse, weil ihnen niemand mehr etwas zu essen gab. Der Winter kam, ohne dass es einen Herbst gegeben hätte, die Dächer waren so voll mit schwerem Schnee, dass sie einzustürzen drohten, und die Bäume waren nicht nur noch immer voller Blätter, sondern knickten unter der Last des nassen Schnees ein. Die Dorfbewohner hatten keine Tiere, keine Ernte mehr und das

Essen wurde knapp. Die Erwachsenen aßen nichts mehr, damit die Kinder etwas bekamen. Die Kinder sahen, wie dünn ihre Eltern wurden, und waren darüber sehr traurig. Eines Tages kam ein großer Vogel aus Blech. Er landete auf der Wiese vor dem Dorf und aus dem blechernen Vogel stiegen drei wunderschöne Feen. Sie sagten zu den Dorfbewohnern: »Wir sind aus einem fernen Land mit genug Niederschlag im Frühling, mit saftigen Wiesen, mit fertigen Häusern ohne Bewohner. Wir wollen, dass ihr mit in dieses Land kommt und es bevölkert, wir sind sonst so einsam.« Die Erwachsenen wollten zuerst nicht, denn das Dorf war ihre Heimat, wo sie geboren, aufgewachsen waren, geheiratet, Kinder gekriegt, Eltern versorgt hatten und eigentlich glücklich waren. Außerdem trauten sie den Feen nicht. Die Kinder aber wollten mit den Feen mitgehen, denn sie sahen die Knochen an den Wangen der Eltern, sie rochen die toten Kühe aus den Ställen, sie bemerkten, wie der Fluss zu einem Rinnsal geworden war. »Wir haben keine andere Wahl«, sagten die Kinder und die Eltern wollten die Kinder nicht allein gehen lassen. Sie stiegen alle gemeinsam in den blechernen Vogel und flogen davon. Und wenn sie nicht gestorben sind, so leben sie noch heute fröhlich und vereint im fremden Land.«

Die Schule brennt. Juri fehlt. Mila steht auf, wir auch, gemeinsam bewegen wir uns weg vom Feuer, legen uns alle gemeinsam in Milas Haus hin. Wir hören das Feuer. Wir denken an das Kind im Krater, an Juri, an unsere Eltern. Wir schlafen nicht.

(Wir)

Im ganzen Dorf riecht es nach verbranntem Benzin, Holz und Plastik. Wir verlassen das Dorf, aber nicht so, wie wir dorthin gekommen sind, durch eine schmale Öffnung unserer Mütter, nicht der Hinterkopf schiebt sich zuerst heraus und dann der kleine Körper. Manche von uns kamen zuerst mit dem Arm und der Hand zum Fäustchen geballt heraus. Jetzt gehen wir mit unseren Füßen aus dem Dorf. Unsere Füße tragen unsere Beine und unsere Beine arbeiten, damit sie den Rumpf wegbringen aus diesem Dorf. Auf dem Rumpf tragen wir unseren Kopf. Noch immer haben wir dieses Aussehen, das uns doch eigentlich niedlich sein lässt, das doch die Eltern dazu hätte bringen müssen, bei uns zu bleiben. Großer Kopf, große, traurige, sanfte Augen. Wie konnten sie unseren großen Augen nicht nachgeben?

Wir tragen Rucksäcke auf unseren Rücken und darin haben wir alles eingepackt, was wir für unser Leben außerhalb des Dorfes brauchen. Da sind Taschenmesser drin und Stofftiere. Einige haben auch Geräte mitgenommen, einen Mixer, um Schlagobers zu schlagen, denn es wird Erdbeeren geben, dort, wo wir hingehen, und ohne Schlagobers schmecken sie nicht. Wir haben auch Töpfe dabei, damit wir uns wieder etwas zu essen kochen können. In unseren Rucksäcken sind Schlafanzüge in blau und rosarot und Großmutters kaputte Spieluhr, weil sie woanders endlich gerichtet werden kann. Unsere Hosentaschen sind voller Scheine und Münzen, die wir noch finden konnten. Einer hat sogar den Müllplatz umgegraben und die kleinen Kupfermünzen aus dem Dreck herausgelöst. Jeden Zentimeter haben wir abgesucht, damit wir alles Wichtige bei uns haben, wenn wir jetzt das Dorf verlassen mit unseren Körpern. Unsere Füße stecken in den wärmsten Schuhen, denn wohin wir gehen, wird es auch einmal Winter werden. Wir gehen an der verkohlten Schule vorbei. Wir halten uns die Nase zu. Jetzt gehen wir, bevor uns der Brandgeruch, die Kälte, der Hunger und das Verschwinden fressen.

Dank

Mein Dank gilt meinen Lektorinnen Tanja Raich und Senta Wagner, den Mitgliedern des Kollektivs Junge Literatur Mannheim, insbesondere Paula Franke und David Zimmermann, und Stephan Pfalzgraf sowie meiner Familie. Die Entstehung dieses Buches ist außerdem durch ein Arbeitsstipendium des »Förderkreis deutscher Schriftsteller in Baden-Württemberg« und das »Startstipendium für Literatur« des österreichischen BKAs ermöglicht worden.

www.kremayr-scheriau.at

ISBN 978-3-218-01208-9

Schutzumschlaggestaltung: Christine Fischer
Unter Verwendung der Grafiken von shutterstock.com/
majivecka, alex74 und Buntoon Rodseng
Lektorat: Senta Wagner
Satz und typografische Gestaltung: Ekke Wolf, www.typic.at
Druck und Bindung: Buch Theiss GmbH,
St. Stefan i. Lavanttal

Gedruckt mit freundlicher Unterstützung
durch das Land Oberösterreich.

KULTUR LAND OBERÖSTERREICH

FSC www.fsc.org
MIX
Papier aus verantwortungsvollen Quellen
FSC® C012536